チェンジング

吉富 多美

チェンジング

吉富多美

チェンジング●目次

――真の勇者の道を歩まん

第一章　勇者は旅をする

1

――ぼくは勇者だ。

走りながら森河大夢《もりかわたいむ》は想像する。

休み時間にトイレの中で読んだ、二千年前のイギリスの歴史物語。感動がまだ心を満たしている。

主人公の勇者のように正義《せいぎ》を貫《つらぬ》こうとする者は、孤独《こどく》をおそれてはいけないのだ。

――いつだって、勇者は邪悪《じゃあく》な軍団《ぐんだん》から追われる運命にあるのさ。

五年一組のいじめっ子軍団が、大夢のあとを追いかけてきていた。いつもならとっくにあきらめて引き返しているはずなのに、きょうはずいぶんと熱心だ。

——待て。オオカミの遠吠《とおぼ》えが聞こえるぞ。

大夢《たいむ》は左右に目を走らせる。近くでビルの建設《けんせつ》が始まり、資材《しざい》を積んだトラックが何台も通過《つうか》していった。安全を確認《かくにん》してから、大夢は急いで道路を横断《おうだん》する。

——敵《てき》が姿《すがた》を見せないうちに、急いでとりでに着かなければ。

とりでは、グリーンハイツの四階にある。たどり着くまでには、いくつかの難所《なんしょ》をこえなければならない。信号がふたつ。長くて急な坂道。中でも、エレベーターのないハイツの階段《かいだん》は、いちばんの難所といえるだろう。一気に四階までかけあがるのは至難《しなん》の業《わざ》だ。

——息が続くだろうか。

大夢は心配になってきた。教室を出てから、ずっと走り続けている。給食でおぎなったエネルギーは、すでに底をついている。のどがかわき、息も苦しい。

雨上がりの九月の空からは、はじけるような太陽の光線がふりそそぐ。

――まったく、しつっこい軍団《ぐんだん》め。

スピードをゆるめると、すぐに距離《きょり》を縮《ちぢ》められる。大夢《たいむ》は商店街を横切って、長い坂道を上り始めた。ランドセルが左右にカタカタとゆれる。肩《かた》ベルトをにぎる手に、汗《あせ》がじっとりとにじんだ。

「タイムのばかやろう、止まれったら」

静かな住宅街に大田勇人《おおたはやと》のかすれた声がひびいた。勇人は軍団の中で、いちばん体が大きくて動きがにぶい。坂の途中《とちゅう》で座《すわ》りこんでしまった。

――ひとり、抜《ぬ》けた。

首を回して、大夢は勇人をふりかえった。残りの軍団は、勇人にかばんを預《あず》けて、なおも追ってきた。

「逃《に》がすな。きょうこそ徹底的《てっていてき》にやってやる」

「待て、こら」

背中《せなか》に土屋亨《つちやとおる》たちの声を浴びながら、大夢《たいむ》は必死で走った。坂道を上りきるあたりで、足がもつれ、したたかにひざを打った。

——やばい。追いつかれてしまう。

ひざが焼けるように痛《いた》む。限界《げんかい》だと大夢は思った。

——自分の力を過信《かしん》しては危険《きけん》だ。身をかくすところを探《さが》そう。

大夢は、すばやく周囲に目を走らす。古い屋敷町《やしきまち》で、左右には家々の門が並《なら》んでいる。猛犬《もうけん》注意やセコムのマークがこれみよがしにはってあった。

——ここが原野ならなあ。そしたら、身をかくす場所ぐらい、すぐに見つけられるのに。

ちがう時代に生まれればよかったと大夢は思う。二千年前のイギリスでもいい。百年前の日本でも。

——なんで、ぼくは現代《げんだい》に生まれてきたんだろう。

大夢《たいむ》はくちびるをかむ。痛《いた》む足を引きずりながら、ひとつめの角を曲がった。

「こっちだ！」

「早くつかまえろ」

亨《とおる》と軍団《ぐんだん》の声がして、足音がぐんと近くなった。

——もう、だめかも。どうしよう、どうしたらいいんだろう。

大夢の全身を、冷たい汗《あせ》がすべり落ちる。パニック寸前《すんぜん》の大夢の目に、細く開いた門扉《もんぴ》が飛びこんできた。考えるよりも先に、大夢の細い体は、するりと門扉の中へ吸《す》いこまれていった。

——疲《つか》れた。ちょっと休もう。

ばくばくと心臓《しんぞう》が大きく波打っている。大夢は目をとじた。なだめるように心臓に手をあてた。

——そうだ。どこかにかくれなきゃ。

見渡《みわた》すと、庭の一角に赤紫色《あかむらさきいろ》のハギの花だまりがあった。大夢《たいむ》が身をかくすのに、ほどよい大きさだった。

大夢はそろりそろりと、花だまりの陰《かげ》に移動《いどう》する。上がったばかりの雨を、土はたっぷりとふくんでいる。スニーカーが土の中にめりこんだ。葉からこぼれたしずくが、大夢の青いティーシャツをぬらした。

2

「くそう。消えた」

亨《とおる》の声のあとに、どたどたと軍団《ぐんだん》の靴音《くつおと》が続く。ブロック塀《べい》をへだてた内と外で、大夢と軍団が相対《あいたい》した。

大夢《たいむ》は身をかたくして、息を殺した。

「だれ？　そこにだれかいるの」

女の人の声がした。大夢はあわてて立ち上がった。縁側《えんがわ》から不安そうに庭をのぞいている女の人と目が合った。

――お願いです、助けてください。だまってて。

大夢は手を合わせ、人差し指をくちびるにあてる。

「たしかにこのあたりだったよな」

「そうだよ、まちがいない。ぜったい、ここにいたぞ」

「消えるはずはないんだ。探《さが》せ」

先頭を走っていた亨《とおる》の息も、かなり乱《みだ》れていた。はあはあとはずむ息づかいが、大夢の耳のすぐそばで聞こえる。

大夢は祈《いの》るような思いで、女の人をじっと見つめていた。黒の綿《めん》シャツにグレーのジーンズ。女の人は、束ねた長い髪《かみ》に手をあてて、どうしたものかと考えている。門扉《もんぴ》のすきまから、亨《とおる》が顔をのぞかせた。女の人は縁側《えんがわ》からおりて、サンダルをはいた。ゆっくりとした足取りで、門のところまで行き、

「うちに何かご用かしら」

といった。

「いえ、べつに。すみません」

亨は首をすくめて、門のそばをはなれた。ちぇっ、逃《に》げられたぞ。今度こそ、つかまえてやる。あきらめないぞ。ごそごそといいかわす声がして、やがて軍団《ぐんだん》の足音は遠ざかっていった。

——助かったあ。

ほっとしすぎて、大夢《たいむ》はしばらく立ち上がれなかった。体中の力が抜《ぬ》けてしまったようだった。

「もうだいじょうぶよ。出ていらっしゃい」

女の人は、花だまりのところまで来て、大夢《たいむ》の顔をのぞきこんだ。

「血が出てるわ。手当てをしないと」

転んですりむいた大夢のひざがしらから、血が流れていた。

――これくらい、どうってことはないさ。

そう思うように、大夢は努力してみる。勇者の受けた刀傷《かたなきず》に比《くら》べれば、どうってことはないのだと、自分にいいきかせてもみる。けれど、どうにもがまんができなかった。ほっとしたのと痛《いた》いのとで、どっと涙《なみだ》があふれてきた。

「かわいそうに。痛むのね。早くいらっしゃい」

女の人がいった。そして、優《やさ》しく大夢の肩《かた》をだいた。胸《むね》のおくが熱くなって、大夢の目には、また涙があふれてきた。

――変だな、なんで急に泣き虫になったんだろ。

大夢《たいむ》は首をひねりながら、泥《どろ》のついたこぶしで、何度も涙《なみだ》をふいた。

縁側《えんがわ》には木漏《こも》れ日《び》が落ちていた。

おだやかに風が流れていく。

大夢は縁側に座《すわ》り、足を投げ出した。ハーフパンツにも血がにじんでいた。ひざがしらのすりむいた部分からは、まだかなり出血していた。じんじんと痛《いた》みもましてくるようで、大夢はきつく目をとじる。

「きみは、いじめられているの？」

救急箱を開けながら、女の人がいった。

べつに、いじめられているわけではない。わがままで気まぐれな亨《とおる》の狩《か》りにつきあっているだけだと、大夢は思っている。

ゆっくりと、大夢は首を左右にふる。

「さっきの子はお友だち？」

亨《とおる》とは同じクラスだから、いちおうそうなるのだろう。大夢《たいむ》は上下に首をふる。

「おうちは近くなの？」

ここから十分もかからないと、大夢はうなずく。

「お母さんはおうちにいるの？　連絡《れんらく》して迎《むか》えに来てもらったほうがいいかしら」

女の人は、困《こま》ったような表情《ひょうじょう》をした。連絡したくてもお母さんはいない。大夢は力なく首を左右にふる。ちらりと大夢の顔を見ると、女の人は、消毒薬をふくませたコットンを、傷口《きずぐち》に強くおしあてた。

「うぅ、痛《いた》い、いたぁ。おばさん、痛いよ」

思わず大夢はさけんだ。足を持ち上げて、大夢は歯を食いしばる。

「あら、大きな声を持っていたんだ。持っているなら使いなさいな。しゃべらないでいるとねえ、ほんとうに声がなくなるわよ」

女の人がいった。声も表情も真剣《しんけん》そのものだった。そんなことはないと思いながら、大夢《たいむ》は少し不安になった。

「うそでしょ。声はなくならないよ、そうでしょ、おばさん」

大夢はあわてる。声がうわずっていた。

「ほんとうよ。わたしの名前は雨宮香奈子《あまみやかなこ》よ。おばさんというのはやめてよ。香奈子さんと呼《よ》びなさいね。きみの名前は?」

「森河《もりかわ》大夢です。大きな夢《ゆめ》って書いて、タイム」

はきはきと大夢は答える。声がなくなっていないことを確認《かくにん》して、ひとまず安心する。

「タイムくんか、いい名前ねえ」

香奈子は優《やさ》しい笑みをうかべた。大夢の傷口《きずぐち》に大きなばんそうこうをはる。手当てがすむと、香奈子は救急箱を持って立ち上がった。

「タイムくん、ついていらっしゃい。お茶にしましょう」

有無をいわさない強さでいった。

「でも、ぼく……」

「いったでしょ、しゃべらないと、声がなくなるって」

「ねえ、おばさ、じゃなくて、香奈子《かなこ》さん。声って、なくなるもんじゃないと、ぼくは思うんですけど」

大夢《たいむ》は首をひねりながら、香奈子に食いさがった。

「使わなければなくなるわよ。ほんとうよ」

香奈子の言い方は確信《かくしん》に満ちていた。大夢の不安はましていった。このまま声が出なくなったら、どうしよう。

——そんなの、いやだ。それはないよ。

「待って。ぼく、どうしたらいいんですか」

キッチンへ向かう香奈子の後を、大夢は足をひきずりながら追いかける。

庭の木々が風にゆれた。
縁側《えんがわ》のはしに止まっていた赤とんぼが、あわてて飛び立っていった。

3

キッチンの正面には広いガラス窓《まど》があった。
窓をかざるのは、木々の緑ときらきらとこぼれる光。清潔《せいけつ》で落ち着いたキッチン。
中央にはどっしりとしたテーブルがあった。
「座《すわ》って」
香奈子《かなこ》がいすを引いてくれた。テーブルにはユズとハチミツが入ったアイスティー
と、香奈子特製《とくせい》の紅茶《こうちゃ》のシフォンケーキが並《なら》ぶ。

「いただきます」

なるべく声を使うように、大夢《たいむ》はじゅうぶん気をつける。

「よかったらお代わりしてね。ケーキを作るのは好きなんだけど、いつも食べ切れなくて困《こま》っているの」

大夢ががつがつと食べるのを、香奈子《かなこ》はうれしそうにながめている。

「すごくおいしいです。なんか体があったかくなるみたい。どうしてかな。いくらでも食べたい気がする」

ありのままの気持ちを、大夢は口にした。

「ありがとう。今の言葉でわたし、一週間はしあわせな気分でいられそうだわ」

香奈子はにっこりと笑う。目を細めて大夢を見つめた。大きく切り分けたケーキを、からになった大夢の皿にのせる。

「すてきなおしゃべりができるのに、タイムくんが声をなくしてしまうのは、すごく惜《お》しいわね。どうして声を捨てようなんて思ったのかしら」

ほほえみながら、香奈子《かなこ》がきく。

「だから、声はなくならないし、捨てようなんて……。

していないといいかけて、大夢《たいむ》は考えた。

ほんとうにそうなのだろうか。そういえば、どうして話さなくなったんだろう。いつから声を出さないようにしたんだっけ。

「よくわからない。聞いてくれる人がいないからかな」

大夢は、首をひねりながら答えた。

「タイムくんがそう思っているだけかもしれないわよ。お母さんやお父さんは、タイムくんの話、聞きたがっているんじゃないかしら」

スプーンでアイスティーをかきまぜながら、香奈子がいった。

「話してみたらいいのに」

香奈子《かなこ》の言葉に、大夢《たいむ》はだまってうつむいた。しんと静かなキッチンに、香奈子のアイスティーをかき混《ま》ぜる音がひびく。

小さく首をかしげて、香奈子は大夢をじっと見つめている。窓《まど》からこぼれる光が、香奈子の肩《かた》にあたっていた。

「できないよ」

大夢は、苦しげに顔をゆがめた。

「ほんとうのことをいうと、お母さんには話したいことがいっぱいあるんだ。でも、ダメなんだ。永遠《えいえん》にぼくの話は聞いてもらえないんだ」

どうしてといいかけて、香奈子はハッとした。大きく目をみはる。大夢は、持っていたフォークを静かに置いた。ごくりとつばをのみこむ。

「死んじゃったんだ。病気がね、どんどん重くなって。最後はおなかがこんなにふくらんで。痛《いた》そうだった。お母さん、すごくかわいそうだった」

大夢《たいむ》はテーブルに視線《しせん》を落とした。涙《なみだ》の重さに、まつげがゆれている。お母さんのことを思い出すと、いつも涙があふれてくる。だから、注意してなるべく思い出さないようにしていた。

半分残ったシフォンケーキの上に、大夢の涙がぼとぼとと落ちる。

「そうか。タイムくんも、いろいろとかかえていたのね」

香奈子《かなこ》は、ぬらしたタオルを大夢にわたし、背中《せなか》をさすった。

「ごめんね。わたし、子どもはみんな、しあわせだって思いこんでいたみたいね。わるかったわ」

ごめんねと、香奈子は何度もいった。

——お母さん……。

香奈子の手のぬくもりを、大夢は心で感じていた。まるでお母さんがそばにいるように思えた。大夢は涙が止まらなくなった。

「えらいわね。ずっと泣きたいのをがまんしていたのね」
大夢《たいむ》が泣き終わるのを待って、香奈子《かなこ》がいった。こんなに優《やさ》しい言葉をかけても
らったのは、百年ぶりかもしれないと大夢は思った。それほど心が飢《う》えていた。
「お母さんが死んじゃってから、お父さんは、ぜんぜん元気がなくなっちゃったんだ」
いつもお母さんに話していたように、大夢は香奈子に話しだしていた。ころころと
言葉が、胸《むね》のうちからこぼれてきて止まらなくなった。
「仕事もいそがしいみたいで。すごい怒《おこ》りっぽくなって。ぼくの話なんか、聞きたく
ないって。うるさいから、しゃべるなって」
たまっていたお父さんへの不満を、大夢はおさえきれなくなった。ごろごろごろご
ろ。言葉は止まらない。
「自分のことしか考えてないのね。タイムくんの悲しい気持ちを、どうしてわかって
あげないのかしら。なんて、ひどいお父さんなの」

香奈子《かなこ》は少し腹立《はらだ》たしげにいった。色白のほおが、怒《いか》りで赤くそまった。

「ちがうんだ。お父さんが悪いわけじゃなくって」

香奈子が本気で怒《おこ》り出《だ》したので、大夢《たいむ》はあわててしまった。それでも、香奈子の気持ちはうれしかった。

「お父さんは大好きだよ」

香奈子が受け止めてくれた分、大夢は素直《すなお》になれた。

「お父さん、すごくがんばっているから。仕事だってあるし。ぼくの話を聞いているひまがないんだよ、仕方ないんだ。ぼくが、もっと、がんばらないといけないんだ」

大夢は、もっとお父さんの力になりたいと思っている。その方法がわからなくて、途方《とほう》にくれている。

「ばかね。小学生がそんなにがんばること、ないのよ。そんなに無理しなくていいんだからね」

大夢《たいむ》がいじらしくて、香奈子《かなこ》は胸《むね》が痛《いた》くなった。

「タイムくんが優《やさ》しいから、お父さんは甘《あま》えているのね。大人なのに、なんてことなのかしら。だらしないわね」

話していくうちに、香奈子の声が大きくなる。大夢のお父さんへの怒《いか》りが、自分の父親への怒りへと変わっていった。

「うちにもいるのよ、冬眠《とうみん》しているクマみたいな、だらしのない父親が。わたしがいくら話しかけても、聞きたくないっていうの。もう一年も、声も耳も捨てているわ」

大夢の悲しみと自分の悲しみがいっしょになった。香奈子はティッシュで洟《はな》をかみ、涙《なみだ》をふく。

大夢は、香奈子のお母さんが一年前に亡《な》くなったことを知った。そして、クマのようなお父さんがいることも。

「タイムくんとわたし、同じ苦労を背負《せお》った仲間どうしだね。すごく似《に》ている。まるで姉弟みたい」

香奈子《かなこ》はにっこりとして、グラスにアイスティーを注いだ。大夢《たいむ》は顔をあげた。じっと香奈子の顔を見る。

「お姉さんは、ちょっと、きついかも」

香奈子に聞こえないように、小さな声でつぶやいた。お姉さんは無理でも、「仲間どうし」にはなれる。大夢はうれしかった。

歴史物語の勇者にも、たくさんの仲間がいる。同じ志《こころざし》を持った仲間がいるからこそ、孤独《こどく》な旅にもたえられるのだろう。

いつかそんな仲間ができることを、大夢はずっと夢見《ゆめみ》ていた。ようやくめぐり合えたと思った。

「今、なんていったの?」

するどい香奈子の追及《ついきゅう》を、

「めちゃめちゃ、おいしいケーキだなって」

大夢《たいむ》はかわした。香奈子《かなこ》はくすくすと笑っている。

涙《なみだ》のしみたシフォンケーキを、大夢は残さずぺろりと食べた。やわらかくて温かな甘《あま》さが空腹《くうふく》を満たし、心のかわきをいやしてくれた。

大夢はひさしぶりに、しあわせな思いを感じていた。

4

おしゃべりをしながら、香奈子はそれとなく、大夢を観察してみる。素直《すなお》で優《やさ》しい子だということは、初めて見たときにわかった。

「学校でも、声を出さないでいるの」

「なるべく、そうしている」

ふれてほしくない話題なのか、大夢《たいむ》はまつげをふせた。どうやら学校と家庭は、大夢にとってあまり楽しい場所ではないらしい。

「食べ物の好ききらいはあるのかしら」

「特にはないと思うけど」

まだ食べたことのないものが、たくさんある。だから、はっきりとはいえないと大夢がいう。おもしろい言い方だと香奈子《かなこ》は感心した。

「どんなものを食べてみたいと思っているの」

香奈子に問われ、大夢は腕《うで》を組んで考える。

「シカのいぶし肉とか、イチジクの実とか」

大夢はそれらを歴史物語で知った。逃亡《とうぼう》する勇者の好物であり、危機《きき》一髪《いっぱつ》のときに、勇者の命を救った食べ物だった。

「へえ。なかなかしぶい好みね」

香奈子《かなこ》は笑った。食べることへの好奇心《こうきしん》を、大夢《たいむ》は持っている。青白い気弱そうな顔に似合《にあ》わず、たのもしい子だと香奈子は思った。

「食事はお父さんが作ってくれるの？」

香奈子は、大夢の疲《つか》れた様子が気になった。邪悪《じゃあく》な軍団《ぐんだん》からの逃亡《とうぼう》の日々が、大夢の少ないエネルギーを、すっかりうばいとっていた。

「時々作ってくれる。焼きそばとかカレーとか。けっこう、じょうずだよ」

時々ですって。あきれたように、香奈子は大きく眉《まゆ》をあげる。

「食事は毎日のものでしょ。時々以外の日はどうしているのよ。お父さんが仕事でおそくなるときとか。あなた、ちゃんと食べているの」

香奈子の口調がきつくなった。

「いちおう食べてるよ。コンビニのお弁当《べんとう》とか。ポテトチップとか」

大夢《たいむ》の声は小さくなる。

「ポテトチップねえ」

「いちおう野菜だし」

大夢が答えると、香奈子《かなこ》は大きなため息をついた。紙と鉛筆《えんぴつ》を持ってきて、テーブルの上に置いた。

「先週、タイムくんが食べたものを教えてちょうだい」

香奈子の指示《しじ》に、大夢は素直《すなお》にしたがった。できるだけ正確《せいかく》に、一週間分の食事内《ない》容《よう》を書いた。

お父さんがおそい日が三日あった。一日目はポテトチップと菓子《かし》パンでしのいだ。二日目はカップラーメン。三日目はどうしたっけ。その日に何を食べたのか思い出せなかった。

——勇者だって、獲物《えもの》にありつけないこともあるさ。

孤独《こどく》な旅をしていれば、空腹《くうふく》をかかえて眠《ねむ》る夜もある。それも試練なのだと大夢《たいむ》は思うことにしている。

「食べ物ってね、大事なのよ」

大夢の書いた献立表《こんだてひょう》を見ながら、香奈子《かなこ》がいった。

「体をつくったり、心をつくったり。人が生きていけるように、内側から守ってくれるのよ。今の自分だけではなく、未来の子どもの元だってつくってくれるのよ」

香奈子は、料理学校の先生だった。大夢にもわかるように、くわしくていねいに栄養の大切さを話してくれた。

——知らなかったな。そうか、体も心も自分でつくっていけるんだ。

香奈子の言葉を、大夢は心の中でくりかえす。

今の大夢にとって、食べ物は空腹を満たすものでしかなかった。味などわからなかった。まして、心をつくるとか未来をつくるとか、そんなたいそうなことを考えたこともなかった。

――ひょっとしたら、ぼくの未来も変えられるかもしれない。

大夢《たいむ》は時々、どうしようもなく自分の弱さを感じることがある。それは栄養が足りなかったせいなのだろうか。

「じゃあさ、栄養をちゃんととれば、強くなれるのかな」

あしたもあさってても、邪悪《じゃあく》な軍団《ぐんだん》との戦いは続くだろう。体も心も強くならねばと大夢は切実に思う。身を守るためには、学校から家までを一気にかけぬける体力が、どうしても必要なのだ。

「今よりはずっと強くなれるわ」

自信ありげに、香奈子《かなこ》がいった。

「口に入れるものを選ぶのはね、自分で自分をつくるということなの」

香奈子の言葉に、大夢はうなずく。

旅の途中《とちゅう》で、薬草と毒草をまちがえたら、戦う前にたおれてしまうだろう。原野でオオカミのえじきになって終わりだなんて、残酷《ざんこく》すぎる。大夢《たいむ》はぶるんぶるんと首をふった。

「大事なことだね。ぼくも料理を覚えたいな。小学生じゃ無理なのかな」

大夢は、いつもお父さんにいわれている。火を使ってはいけない。刃物《はもの》を持ってはいけないと。

「そうね。お父さんが心配するのはもっともなことね。注意をおこたると、大変なことになるもの。ゲームをしながらとか、テレビを見ながらとか、ぜったいにダメ。タイムくんは、約束を守ることができるかしら」

それはだいじょうぶだと、大夢は胸《むね》をはった。

「お願い、香奈子《かなこ》さん。ぼくに料理を教えてください」

姿勢《しせい》を正し、大夢は香奈子に頭をさげた。

「そうねえ。料理学校はつぶれてしまったし、クマの相手ばかりじゃいらいらするし。うん、ちょうどいいわ、週に一回、タイムくんの専属《せんぞく》の先生になってあげよう」

明るく笑う香奈子《かなこ》に、いつのまにか大夢《たいむ》もつられて笑っていた。

――さっき食べたシフォンケーキみたいだな。

香奈子といっしょにいると、大夢の心までふわふわと温かくなってくる。料理は作った人の味なのかもしれないと、大夢は思った。両手のこぶしをにぎり、大夢は、ヨッシ！　と声をあげた。

「お父さんに許《ゆる》してもらえるように、ぼく、一生懸命《いっしょうけんめい》たのむからね」

しとめたシカやイノシシの肉を調理できなくては、旅は続けられない。料理もまた、勇者への大事な修行《しゅぎょう》なのだ。絶好《ぜっこう》のチャンスをのがすわけにはいかない。大夢のやる気モードが、ジェット機のように上昇《じょうしょう》する。

「香奈子さん、青い葉っぱで、こんなふうにくるくる巻《ま》いている料理って、知っているかな」

大夢《たいむ》の記憶《きおく》の中で、何かがぽんとはじける音がした。

「中にね、小さな肉とニンジンが入っているんだよ」

ニンジンのきらいな大夢に、なんとか食べさせようと、お母さんはいろいろと考えた。ニンジンをこれ以上ないほど細かく切って、肉に混《ま》ぜこんだ。湯気とスープのにおい。コトコトと鳴る黄色いキャセロール。暖《あたた》かなキッチン。お母さんの笑顔。大夢の涙腺《るいせん》が、またゆるんできた。

「それって、ロールキャベツのことかしら」

大夢の説明を聞いて、香奈子《かなこ》は推測《すいそく》する。大夢の食事表の横に、たわら型のロールキャベツの絵をかいた。それだ、と大夢が声をあげた。

「青い葉っぱはね、キャベツという名前を持っています」

香奈子は、キャベツの絵をかきたした。

大夢《たいむ》は食いいるように、絵を見つめている。

「そのロールキャベツを、いつかぼくに教えてほしいんだ。できれば、十二月三日までに作れるようになりたいんだけど」

えんりょがちに大夢がいった。

香奈子《かなこ》は小さく首をかしげて考えている。

「わかった。お父さんの誕生日《たんじょうび》なのね。そして、お父さんはロールキャベツが大好きってことね」

ピンポン。大正解《だいせいかい》。大夢がうれしそうにうなずく。お母さんの得意だったロールキャベツ。おいしいおいしいと笑顔全開で、お父さんはいっていた。

「ぼくね、お父さんの笑顔に、もう一度、会いたいんだ」

だから、ロールキャベツを作りたいと大夢がいう。その気持ちがいじらしかった。

香奈子は、ぽんと胸《むね》をたたいて、

「まかせといて」

といった。

いつのまにか、日はかたむいていた。

うす暗くなった室内を、ひんやりとした風が過《す》ぎていった。

クマといわれた雨宮和也《あまみやかずや》は、冬眠《とうみん》場所の書斎《しょさい》からリビングにあらわれた。

よれよれのパジャマに乱《みだ》れた白い髪《かみ》。おぼつかない足取り。口のまわりは、白いひげでおおわれていた。

大夢《たいむ》を見送って、香奈子《かなこ》が玄関《げんかん》からもどってきた。

「あら、冬眠からお目覚めですか」

和也のまるまった背中《せなか》に、声をかける。

「うるさい。いつから、わたしはクマになったんだ」

ふきげんそうに和也《かずや》が返した。グラスに注いだ水を、ごくりとのどを鳴らして飲むと、

「なにが姉弟みたい、だよ。あの子の母親より、ずっと年上だろうに」

じろりと香奈子《かなこ》をにらんでいった。

「いやだ。聞いていたんだ。耳も声も取りもどしたみたいね」

首をすくめて、香奈子は小さく舌《した》を出した。

「どこの子か、知っているのか」

「坂を上ったところに、グリーンハイツっていうマンションがあるでしょ」

香奈子は、大夢《たいむ》が書いた住所と電話番号のメモを、和也に見せた。

「おまえ、小学生をゆうかいしたと思われるぞ」

和也は太い眉《まゆ》を寄《よ》せる。善意《ぜんい》も悪意ととられる。今はそういう時代なのだと、香奈子をさとした。

「だいじょうぶよ。ちゃんと、お父さんあてに手紙を書いて渡《わた》したわ」

「退屈《たいくつ》だからって、小学生つかまえて、遊ぶやつがあるか」

がしがしと頭をかきながら、和也《かずや》がいった。冬眠《とうみん》していても、ちゃんと心配してくれていたんだと香奈子《かなこ》は思った。

「ほんとうに、そうね」

香奈子は小さく笑った。お湯をわかし、ふたり分のコーヒーを入れる。

「ただね、あの子には、今、おしゃべりの相手が必要なんだなって思ったのよ。わたし、結婚《けっこん》も仕事も失敗したけど、お料理を伝えながら、おしゃべりの相手をすることなら、できるだろうなって、そう思ったの」

香奈子はほほえみ、コーヒーを一口飲んだ。和也もコーヒーを口にする。落ちくぼんだ目で、香奈子の顔をじっと見ている。

「パパ。あの子のお母さんとママ、天国で出会ったのかもしれないわよ」

香奈子《かなこ》がいう。何をいいだすのかと、和也《かずや》は苦笑した。

「お母さんは、タイムくんのことが心配でたまらないんじゃないかしら。小さい息子のことが気になって、天に昇《のぼ》れないでいるのかもしれないわ」

お母さんが亡《な》くなったのは、四年生の春だったと大夢《たいむ》がいっていた。

「まだ九歳《さい》よ。ひとりで生きていける年齢《ねんれい》じゃないわ。なんの準備《じゅんび》もさせていなかったと思うの。手を取って、生きる方法を伝える時間がないままだったんだもの」

大夢の心細さを思い、香奈子は涙《なみだ》をこぼした。

「ママはおせっかいだから、まかせなさい、うちの香奈子になんとかさせるわって、そういったんじゃないのかな。タイムくんをうちの庭へ連れてきたのは、きっとママなんじゃないかって思うの」

指で涙をふきながら、香奈子はいった。突然《とつぜん》の交通事故《じこ》で、ママは帰らぬ人となった。伝えておきたいことがママにもたくさんあっただろう。それが大夢との出会いに託《たく》されているような気が、香奈子《かなこ》はしていた。

「おまえは、ママにそっくりだな。二代そろって、おせっかいおばさんだ」

和也《かずや》は笑みをうかべて、香奈子を見つめた。そして、ゆっくりとコーヒーを味わう。

ここちよい苦味が口中に広がり、体を目覚めさせていく。

和也は、まるまった背中《せなか》をゆっくりとのばした。

第二章　とりでに咲《さ》くバラ

1

学校は、巨大《きょだい》な要塞《ようさい》のようだと大夢《たいむ》は思う。

ぐるりとはりめぐらされた高い塀《へい》。鍵《かぎ》がかかったドアは、合言葉をいわなければ開かない仕組みになっているし、カメラの監視兵《かんしへい》が一日中、レンズの目を光らせている。

先生たちは、侵入者《しんにゅうしゃ》と戦う訓練だってやっている。

――校長先生は、とりでの司令官だ。いつも厳《きび》しい顔で、ぼくたちを監視している。

大夢は、歴史物語に出てくるとりでの住人に、先生たちをあてはめてみる。担任《たんにん》の岩永牧人《いわながまきと》先生は、気の弱い青年部隊長にあたるだろうか。

「運動会で使うクラスの旗なんだけど。どうしようか。もう決めないとな」

朝の会で岩永《いわなが》先生がいった。

学年が二クラスずつだから、運動会は一組と二組が紅白に分かれて戦うことになる。少しでもムードを盛《も》り上《あ》げようと、今年からそれぞれのクラスの旗を立てることになった。

――第五一軍団《ぐんだん》の旗印ができるってことか。だんだんホンモノらしくなってくるぞ。

大夢《たいむ》はわくわくしてきた。

――ここは、やっぱりワシかな。それとも、まだまだ弱小のわが軍団には、ハヤブサとかツグミとかが合ってるかもな。

歴史物語にある軍団のワシの紋章《もんしょう》を、大夢は思いえがく。九月の青い空にひるがえる五一軍団の旗。どんなデザインがふさわしいのだろう。

「先生、はい、はい」

亨《とおる》の大声が、大夢の空想をぶち破《やぶ》った。

「これがいいと思います」

教室のいちばん後ろの席にいる亭《とおる》は、いすの上に乗った。クラス全員が見えるように、腕《うで》を大きくのばして一枚《まい》の紙をかざした。

「それは……」

岩永《いわなが》先生は絶句《ぜっく》している。

――うそだろ、信じられない……。

大夢《たいむ》は思わず、首を左右にふる。

亭のまわりにいるいじめっ子軍団《ぐんだん》は、下を向いてくつくつと笑っている。

「ぜったいこれがいいです。時間もないことだし、もう多数決で決めちゃいましょう」

追いこみをかける亭に、

「そうだな。そうするか。じゃ、賛成《さんせい》の人、手をあげて」

岩永先生はしぶしぶ同意する。

いつものパターンだ。今の五一軍団《ぐんだん》に、亭《とおる》の提案《ていあん》に反対する者は、おそらくひとりもいない。クラス全員が手をあげるだろう。大夢《たいむ》は机《つくえ》に顔をふせて、寝《ね》たふりを決めこんだ。

――五一軍団の旗印がピンクのブタだなんて、めちゃくちゃばかげている。学校中の笑い者になってしまうのが、どうして、あいつらにはわからないんだろ。

声に出せない自分が、大夢はたまらなく情《なさ》けなかった。二千年前なら、百年前なら、きっといえるのにと大夢は思う。

――教室では、ぼくは勇者にはなれない。

うつむいたまま、大夢は歯がみをする。それでも、せめて賛成《さんせい》の挙手だけはすまいと決心した。

2

「反対は、西村《にしむら》さんと……、森河《もりかわ》くんのふたりだけか」

ふたり、と、たしかに先生はいった。

——このクラスに、ぼくのほかにも、邪悪《じゃあく》な軍団《ぐんだん》と戦う勇者がいたなんておどろきだ。しかも、西村さんだなんて。

大夢《たいむ》は顔をあげて、斜《なな》めうしろの席を見やった。西村優菜《ゆうな》は、学期途中《とちゅう》で京都《きょうと》から転校してきた。身長が高くて、きれいな子だった。夏休みをしっかり楽しんだらしく、肌《はだ》は小麦色に焼けていた。

「ひとつだけやと選びようがないです。クラスの旗なんやから、みんなでアイディアを出したらいいと思いますけど」

立ち上がって、優菜《ゆうな》がいった。関西なまりのイントネーションが、優菜の言葉をやわらかくラッピングしている。それでも教室はざわめいた。

「めんどうだろ。そんなの」

「そうだよ、多数決で決まったろ。それでいいじゃん」

亨《とおる》のごきげんをとるように、口々にはやしたてる。優菜は声の出ているほうを、キッとにらんだ。

「けど、あれがクラスの旗になるんですよね」

優菜は、亨を指差していった。

「当たり前だろ、それを決めてんだから」

勇人《はやと》がのっそりと立ち上がった。

「おまえ、転校生のくせに生意気だぞ。だまってろよ」

机《つくえ》と机の間にはさまれて、Ｌ《エル》サイズ級の勇人《はやと》のおなかは、きゅうくつそうだった。

「転校生でも、わたしもハヤトくんとおんなじ、五の一のメンバーなんですよ。だまっておられへんでしょ、自分のことなんやから」

勇人のおどしに、優菜《ゆうな》は屈《くっ》するどころか、チャーミングな笑顔を返した。勇人は返す言葉をなくした。全身をピンク色にそめて、塩をかけられたナメクジのように、へなへなと着席した。

——見事な攻撃《こうげき》だ。けど、むだな抵抗《ていこう》だよ。敵《てき》は圧倒的《あっとうてき》な数なんだ。どうしたって無理に決まってる。今さら、決定をくつがえすことなど不可能《ふかのう》だよ。

大夢《たいむ》は、もうあきらめている。優菜には、クラスの勢力図《せいりょくず》が見えていないのだろうか。ひとり奮闘《ふんとう》する優菜が、かわいそうになった。

「先生、参考までに教えてください」

優菜は退《ひ》かなかった。

またかよ。しつこいな。とげのような視線《しせん》の矢が、教室のあちらこちらから、優菜《ゆうな》を目指して飛び放たれていく。

「ほかのクラスは、どんな旗を作ってるんですか」

優菜の質問《しつもん》が、視線の矢を止めた。その情報《じょうほう》は、みんなも気になるところだった。

「えーと、なんだったかな」

岩永《いわなが》先生は、うすくなった頭頂部《とうちょうぶ》をなでながら考えこんでいる。

「たしか、二組はレッドドラゴンだったかな」

へえー、すげえ。かっこいい。称賛《しょうさん》の声があがる。

「六年は、ゴールデンタイガーとフェニックスかな」

なーるほど。トラと火の鳥か。どっちもいいなあ。ぼそぼそと話し合ったり、互《たが》いにうなずき合ったり。みんなは、優菜の作戦に完全にはまった。

「一年はかわいいぞ。ウサギ組とカモシカ組だってさ。どっちが速いかってことなんだろうな」

岩永《いわなが》先生の解説《かいせつ》を、女子は手をたたいて喜んだ。ウサギ組だって。やだっ、ほんと。かわいいねえ。むじゃきに笑っている。

「うちのクラスも、かわいさでは負けてませんよ。なんたって、ピンクのブタ組さんですもん」

すかさず、優菜《ゆうな》がいった。

「あーっ。そうだよ、おれたち、ブタだ」

だれかがさけんだ。ブタだ。ブタ。伝言ゲームのように、前から後ろへと言葉がまわっていく。決めたことの重大さに、ひとりふたりと気づいていった。教室の空気が大きく波打って、どーんとしずんでいった。

「わたし、べつにブタにうらみがあるわけやないけど、ブタ組の子っていわれるの、ちょっと抵抗《ていこう》あります」

優菜《ゆうな》は顔をしかめた。わたしもいやぁ。女子全員が優菜にならって顔をしかめ、身をくねくねとゆらした。

「おれだって、いやだ。ちょっとどころか、ぜーったいいやだ。そんなことというヤツがいたら、ぶっ殺す」

勇人《はやと》は憤然《ふんぜん》と立ち上がる。こぶしで手のひらをバンバンとたたいた。

「だって多数決ですよ、ブタ組って決めたんは、みなさんですよ。手をあげて賛成《さんせい》した人は、そう呼《よ》ばれるのを望んだんやないですか」

優菜は攻撃《こうげき》の手をゆるめない。教室は大騒《おおさわ》ぎになった。

「どうしよう。二組のやつら、ぜったいブタ組ブタ組って、おもしろがっていうぞ。どうすんだよう」

勇人は頭をかかえた。二組どころか、下級生や上級生にも、大笑いされるだろう。

幼稚園《ようちえん》時代の悪夢《あくむ》までがよみがえってきた。今よりももっと、まるまるとしていた勇《はや》人《と》は、「ぶーふーうー」のぶーと呼《よ》ばれてはいじめられていた。

「まずいよ。みんな、ちゃんと考えようぜ」

体育委員の井深宏樹《いぶかひろき》がいった。男子は、二組と騎馬戦《きばせん》をする。旗印を立てて、グラウンドを行進する予定になっている。レッドドラゴンとピンクのブタ。宏樹は旗手役だ。想像するだけでどっと冷《ひ》や汗《あせ》が出た。

「先生、おれ、反対にまわります。もう一回、採決《さいけつ》してください」

宏樹は深く考えもせずに、賛成《さんせい》したことを後悔《こうかい》した。亨《とおる》ともめるのがめんどうで、つい尻馬《しりうま》に乗ってしまった。

「そんなの、ダメだよ。一度決まったんだからな」

亨はすました顔でいった。

「けど、あんなんで、騎馬戦、戦えないだろ」

あせる宏樹を、

「おれは、いいと思うけどな」

亨《とおる》は冷たく突《つ》き放《はな》した。亨と宏樹《ひろき》は、クラスの勢力《せいりょく》を二分している。ばかげた亨の提案《ていあん》は、自分へのいやがらせだったのだと宏樹はようやく気がついた。

「なあ、みんな。五の一にふさわしい旗を考えようよ」

宏樹は必死になって、みんなに呼《よ》びかけた。

「宿題にしようぜ。レッドドラゴンより強そうなの、おれも考えてくる」

亨のいいなりだった勇人《はやと》も、今回ばかりはがまんがならなかった。亨とその仲間をのぞいたクラス全員が、宏樹側にまわった。

――西村《にしむら》さんの作戦が、ずばり的中だ。すごいな。

大夢《たいむ》は感動していた。肩《かた》ごしにふりかえると、優菜《ゆうな》と目が合った。目立たないように、優菜は小さくV《ブイ》サインをした。大夢の胸《むね》が高鳴った。

――やっぱりだ。全部お見通しだったんだ。戦いだったんだ。

まるで歴史物語に登場する姫君《ひめぎみ》のようだと大夢《たいむ》は思った。勇者が恋《こい》する、とりでに咲《さ》く白バラ。美しくてかしこくて勇気がある姫君。二千年前の物語の世界から、突然《とつぜん》、大夢の目の前に飛び出してきたようだった。

——どうしよう、ぼくも、勇者のように恋しちゃうかも。

胸《むね》のときめきに戸惑《とまど》っているうちに、大夢は休み時間の逃亡《とうぼう》を忘《わす》れてしまっていた。いじめっ子軍団《ぐんだん》は、策略《さくりゃく》の失敗とクラスの支持《しじ》を失いしおれていた。亨《とおる》はつめをかみながら、次の手を考えている。

——きょうは、なんとか無事でいられそうだ。けど、油断《ゆだん》したらおそわれる。逃亡の旅は、続けなければいけないと大夢は思った。

——場所も変えたほうがいいな。校舎《こうしゃ》の北側の職員室《しょくいんしつ》に近いトイレにこもろう。

大夢は歴史物語の続編《ぞくへん》を、かばんから取り出した。ハーフパンツのポケットに入れて、急いで教室を出た。

3

キッチンの窓《まど》から、きらきらと夕日がこぼれていた。

大夢《たいむ》は頭にバンダナを巻《ま》き、スヌーピーがかかれているエプロンをかけた。

「うん、なかなか似合《にあ》うじゃないの」

緊張《きんちょう》気味の大夢の肩《かた》を、香奈子《かなこ》はぽんとたたいた。手渡《てわた》されたプリントには、いくつかの約束事が書いてあった。手を洗《あら》い身を清潔《せいけつ》に保《たも》つこと、まな板や包丁《ほうちょう》の扱《あつか》い方《かた》、火の管理など。大夢は声に出して読み上げる。

「声がなくなっていないか、時々、確《たし》かめないとね」

おどかすように香奈子はいう。学校でも家でも、大夢が声を出していないことを、香奈子《かなこ》は見抜《みぬ》いている。

「さっきね、近所のおじさんが届《とど》けてくれたの。きょうはこれを使って、野菜たっぷりのけんちん汁《じる》を作りましょう」

調理台の上には、とれたての野菜があった。ホウレンソウにコマツナ。青々とした葉っぱをつけたニンジンとダイコン。

「ニンジンて、葉っぱがあるんだね。ぼく、初めて見たよ」

パセリのような葉を、大夢《たいむ》は手でさわってみる。

「この近所にね、市民菜園があるの。おじさんはそこを借りて、野菜を作っているのよ。収穫《しゅうかく》したばかりの新鮮《しんせん》な野菜は、そのままでもおいしいわよ」

香奈子はダイコンとニンジンを手に取り、皮をむいた。スティック状《じょう》に切って、水をはったグラスに入れる。

「試してごらんなさい。素材《そざい》の味を覚えるのも、料理を学ぶことになるわ」

「だって、ナマだよ。無理だよ」

平気よ。香奈子《かなこ》は、ニンジンを一本取り出し、しゃきしゃきと音を立てて食べた。

大夢《たいむ》もおそるおそるニンジンを口に入れてみる。

「甘《あま》い」

一口、もう一口。大夢は目をまるくして、ニンジンスティックを食べる。口から吐《は》き出《だ》すほどきらっていたニンジンなのに、この味はどういうことなんだろう。

「ぼくは、ほんとうの味を知らなかったんだね。なんかニンジンにすごく悪いことしちゃった気がするな」

しみじみといい、大夢はニンジンを見つめる。

「そうね。ニンジンにちゃんとあやまりなさい。誤解《ごかい》してごめんなさいって」

香奈子がいった。肩《かた》をすくめて、くすくすと笑う。

ちぎった煮干《にぼ》しを弱火で軽くいためて、ミキサーで粉末にして、いりじゃこを作った。

いりじゃこと昆布《こんぶ》と干《ほ》しシイタケを使って、だしをとる。多めにとっただしは、ペットボトルに入れて保存《ほぞん》しておく。

「おうちへ帰ったら、冷蔵庫《れいぞうこ》に入れておくのよ。このだしを使えば、タイムくんもおいしいみそ汁《しる》が、いつでも作れるようになるわ」

大夢《たいむ》は不思議だった。からからに干した小魚と昆布とシイタケ。新鮮《しんせん》じゃないのに、どうして、おいしい味に変身するのだろう。

野菜の切り方にも、いろんな名前があることを知った。けんちん汁に入れる野菜だけでもすごい。ゴボウは輪切り、ニンジンとダイコンは銀杏《いちょう》切り、サトイモは乱《らん》切り、コンニャクは色紙《しきし》切り。大夢の頭は混乱《こんらん》してきた。

「全部できちゃうんだから、香奈子《かなこ》さんて、ほんとに名人なんだね」

感嘆《かんたん》の声をあげた。

「ありがとう。タイムくんは手つきがいいもの。すぐに名人の仲間入りができるわよ」

炊飯器《すいはんき》には、洗《あら》った白米と玄米《げんまい》が入っている。時間を計りながら、大夢《たいむ》が炊飯ボタンをおした。

「ごはんにおみそ汁《しる》やスープみたいな汁物《しるもの》があれば、タイムくんが元気になるための必要な栄養素《えいようそ》がとれるわ。あと漬《つ》け物《もの》があったら、いうことないわよ」

あいた時間を使って、ぬかみそを作る。ぬかを入れたボウルに、冷ました塩水を少しずつ注ぎ入れていく。

「ここにも昆布《こんぶ》が入っているんだ。大活躍《だいかつやく》だね」

大夢がいう。茶色いぬかの中から、赤いトウガラシと黒い昆布が顔をのぞかせていた。

「目立たないのに、よくがんばっているわよね。おいしい料理を支《ささ》える、縁《えん》の下の力持ちというところね」

「なかなか、できないことだね」

大夢は昆布の役割《やくわり》に感動していた。

「ほんとうにそうね」

香奈子《かなこ》は大きくうなずく。大夢《たいむ》の感じ方の豊かさに、香奈子はおどろかされていた。自分に自信をなくして、現実《げんじつ》から逃《に》げている大夢。体も心も細くて、か弱い子だとばかり思っていた。

(ニンジンと同じだわ)

香奈子は心でつぶやく。ほんとうの大夢が見えていなかった。

(昆布《こんぶ》とも似《に》ているかも)

見えていないところで、大夢はがんばっている。表にあらわれない大夢の心は、案外、大きくてやわらかいのかもしれないと香奈子は思った。

「何かいった?」

香奈子の視線《しせん》を感じて、大夢が顔をあげた。ほおに、ぬかがくっついている。

「タイムくんは、すてきな少年だなあって見とれていたの」

香奈子《かなこ》がいうと、大夢《たいむ》ははずかしそうにほおをそめた。

「うそだよ、そんなの」

否定《ひてい》しながらも、大夢はうれしかった。ぬかをかき混《ま》ぜる手に力が入る。

塩水が全体にいきわたると、パサパサとしていたぬかが、しっとりとしてきた。

「これがタイムくんのぬか床《どこ》となるのよ。かわいがってあげてね」

香奈子は、四角いタッパーにぬかを移《うつ》して、大夢の前に置いた。毎日一回ずつ、手でかき混ぜていくと、何十年も使えるのだそうだ。

「愛情《あいじょう》が伝わるのよ。漬《つ》けた野菜が、タイムくんの味になっていくのがわかるわよ」

そんなばかなと大夢は思った。半信半疑《はんしんはんぎ》の大夢に、

「ほんとうよ。うそだと思ったら、十年続けてみて」

香奈子はまじめな顔でいった。

「十年なんて無理だよ。ぼく、生きていないかもしれないし」

これからの十年を大夢《たいむ》は想定してみる。果てしのない逃亡《とうぼう》の旅を思うと、気が遠くなりそうだった。

「だいじょうぶよ。あっというまよ、十年なんて」

香奈子《かなこ》は、きょうまでの十年を思い出す。恋《こい》をして、結婚《けっこん》して。共に料理を作り、そして別れた。楽しい時間もつらい時間も、ほんとうにあっというまだった。記憶《きおく》をふり捨てるかのように、香奈子はダイコンの葉をざっくりと切り落とす。

「最初にね、野菜の葉を漬《つ》けては捨てるの。これを七回くりかえすのよ」

切り落としたダイコンの葉とキャベツの葉。香奈子にいわれたとおり、大夢はぬか床《どこ》に入れて、軽くかき混《ま》ぜた。

「食べられないものを漬けたって、意味ないと思うけど」

不要な野菜の葉を漬けては捨てるということが、大夢には理解《りかい》できなかった。

「そうね。むだなことかもしれないわね」

香奈子《かなこ》は、あいたボウルやざるを洗《あら》う。

「でもね、むだなことや失敗が、けっこう、いい味を出していくのよ。手間をかけて、くりかえすたびに、味が深くなっていくような気がするわよ」

いいながら、香奈子ははっとする。ママから教わった言葉だった。料理でも掃除《そうじ》でも、なんとか手間を省こうとする香奈子に、ママはいつも、そういっていた。

「あっ、そうか」

突然《とつぜん》、大夢《たいむ》が声をあげた。

「くりかえすことが大事なんだね」

香奈子は水を止め、大夢の話に耳をすます。運動会で使う旗のこと。ブタのマークを提案《ていあん》した亨《とおる》のこと。多数決で決まったマークを、優菜《ゆうな》が撤回《てっかい》させたこと。教室でのできごとを大夢は一気に話した。

「ぼくは、ぜったい、むだだと思ったんだ。多数決で決まったことなんだから、もう変えることはできないって」

机《つくえ》に顔をふせたまま、自分が一言もいえずにいたことはだまっていた。

「でもね、その子がくりかえし話していると、みんなが変わっていった。それが、よくわかったんだ」

大夢《たいむ》の目がきらきらと光っていた。香奈子《かなこ》が初めて見る少年の顔だった。

「なるほど。タイムくんは恋《こい》に落ちたっていうわけね」

香奈子がひやかすと、大夢は耳の後ろまで真っ赤になった。

「ぼくなんか、どうせ相手にされないし」

優菜《ゆうな》の戦いを応援《おうえん》することができなかった。何もいえず、なんの行動も取れなかった。自分の弱さが情《なさ》けなかった。大夢はうつむいて、くちびるをかんだ。

「ごめんなさい。タイムくんがあんまりうれしそうに話すから、つい余計《よけい》なことをいっちゃった。でも、ユウナちゃんてすてきな子ね。勇気があって、かしこくて。いつか、わたしも会ってみたいな」

大夢《たいむ》の冷えた心に、優菜が灯《あ》かりをともしてくれた。その灯かりが消えないことを、香奈子《かなこ》は祈《いの》った。

「友だちって、そうやってつくっていくのかな」

ぽそりと大夢がいう。

「ぬか漬《づ》けみたいにさ」

大夢は香奈子をじっと見つめた。

「ムダだと思うことでも、くりかえすことが大切なのかな。手間をかけることが必要なのかな。それがいい味っていうか、いい関係をつくっていくのかな」

真剣《しんけん》な顔で、香奈子の答えを待っている。

「そうね。きっと、そうだわ」

きっぱりと香奈子が答えた。大夢はうれしそうに大きくうなずく。

「タイムくんは、いろんなことを、とても深く考えるのね」

ちがう、と大夢《たいむ》は首を左右にふる。

「さっき、香奈子《かなこ》さんが教えてくれたんだよ」

むだなことや失敗が、いい味を出していく。くりかえすたびに味が深くなっていく。

ママから教わった言葉が、今、大夢の心に伝わったのだと香奈子は思った。

「わたし、タイムくんと出会えてよかったな」

香奈子は不思議な感動に包まれていた。いつものキッチンが、まるでリフォームをしたように暖《あたた》かな色に変わっている。

「ぼくも」

大夢はにっこりとして、ぬかのついた手を洗《あら》う。

ホウレンソウはさっとゆでて、ごま和《あ》えにしようと香奈子がいった。大夢はすりばちで、ごりごりとごまをする。香《こう》ばしいにおいが、大夢の食欲《しょくよく》を刺激《しげき》する。

「香奈子《かなこ》さん。お父さんにもくりかえしたほうがいいのかな」

ふと顔をあげて、大夢《たいむ》がいった。

「うるさいっていわれても、めげてちゃダメなのかな。くりかえし、ぼくの気持ちを伝えていったら、いつかわかってもらえるのかな」

大夢は顔をくもらせた。たったふたりきりの家族なのに、お父さんとは一年以上も心を通わすことができていない。

「そうね」

香奈子は人との関わりを思い返してみる。どうせ伝わらないと、あきらめてしまっていた。料理学校の生徒にも。友人やかつての夫にも。そして、パパにも。

「くりかえしが大事なのよね」

あいた容器《ようき》を洗《あら》いながら、香奈子はつぶやくようにいった。

ほっとしたように、大夢がほほえむ。

炒《い》り子《こ》、昆布《こんぶ》、刻《きざ》みアーモンドが入った炊《た》き込《こ》みごはん。けんちん汁《じる》。ホウレンソウのごま和《あ》え。ナスとキュウリのぬか漬《づ》け。できあがった料理をテーブルに並《なら》べて、大夢《たいむ》と香奈子《かなこ》は試食会をすることにした。

「さっきの話だけど」

ごはんをよそいながら、香奈子がいった。

「タイムくんは、どんな旗がいいと思うの」

香奈子の質問《しつもん》に、大夢は朝の会のことを思い出した。

「ピンクのブタさんに代わるクラスの旗。もう考えているんでしょ」

香奈子はテーブルにつき、両手を合わせた。大夢も香奈子にならう。両手を合わせて、いただきますとふたり、声をそろえた。

「ハヤブサなんか、どうかなって」

ごはんを一口食べるごとに、大夢は力がわいてくるような気がした。どうしようもないとか、どうでもいいとか、あきらめていたいろんなこと。今は、なんとかしたいと考えられる気がした。大夢《たいむ》は、軍団《ぐんだん》の旗のイメージをふくらませた。

「こういうふうに、つばさを広げているやつ」

はしを置いて、大夢は両手を大きく広げる。

「いいわねえ。ハヤブサって、すばやそうだし、強そうだわ」

香奈子《かなこ》は、声をはずませた。

「それに、かしこそうだわ。運動会にはぴったりだと思う。わたし、大賛成《だいさんせい》」

優《やさ》しい笑顔を大夢に向けた。胸《むね》の底にしずめていた大夢の思いを、香奈子はていねいにすくいだしてくれる。大夢は胸が温かくなった。

「ごはんて、おいしいんだね」

大夢がいった。ほんとうにおいしいと思った。交わす言葉と笑顔。心をこめて作った料理。ひとつ残らず、大夢はかみしめるように味わう。

「みんな、すごくおいしいよ。香奈子《かなこ》さんは、やっぱり料理の天才だね」

「タイムくんがいい生徒だからよ」

香奈子は楽しげに、目を細めて笑った。

キッチンは、お湯のわく音、野菜の煮《に》える音でにぎやかだった。

――ぼくの心は、どんな音をたてているのだろう。

ふと大夢《たいむ》は思った。目をとじて耳をすませてみる。

ことこと。ことこと。

温かい音が響《ひび》いてくる。

くつくつ。ぶつぶつ。

かすかに、けれどたしかに心でなべが煮える音がする。

第三章　軍団《ぐんだん》の旗

1

朝からどしゃぶりの雨だった。

窓《まど》をしめきった教室の中は、蒸《む》し暑《あつ》さで息苦しいほどだった。

「タイム」

ぽんと肩《かた》をたたかれて、大夢《たいむ》は顔をあげた。

「ありがとな」

宏樹《ひろき》がいった。

「助かったよ。あの旗なら、おれ、胸《むね》はってグラウンド一周できるぜ」

宏樹は、日に焼けたほおをほころばせた。

朝の会で、大夢《たいむ》のデザインした旗が、クラスの旗に選ばれた。

明け方までかかって、ようやくかきあげたハヤブサの旗。空を見上げるするどいまなざし。力強く広げたつばさ。勇者の心意気を、大夢はハヤブサにこめた。

「おまえ、すげえじゃん。絵の才能《さいのう》があるんだな。知らなかったよ」

後ろの席から身を乗り出すようにして、桜木啓介《さくらぎけいすけ》がいった。大夢のハヤブサは、無記名投票で、ピンクのブタを大きく引きはなした。

「タイムはさ、幼稚園《ようちえん》のころから、めちゃくちゃ絵がうまかったんだぞ」

宏樹《ひろき》がうれしそうに話す。大夢とは同じ幼稚園だったこと。生まれて初めての友だちだったこと。五年生になって同じクラスになれて、なつかしく思ったことなど。

——ヒロくんは、ちゃんと覚えていてくれたんだ。ぼくのことなんか、とっくに忘《わす》れていると思っていたのに。

神社の森で友だちのちかいをしたのは、大夢と宏樹が三歳《さい》のときだった。あれから、ずいぶん長い時間がたったと、大夢《たいむ》は思う。

「なのに、おまえ、シカトしてばっかだろ。くそって思った」

宏樹《ひろき》がいった。自分のことなど、クラスのだれも気にも留めていないと、大夢は思っていた。

――ニンジンみたいだ。自分で確《たし》かめないと、ほんとうの味がわからない。

大夢の口の中に、ニンジンの甘《あま》さがよみがえる。その甘さが、心の中にまで広がっていった。大夢は目をいっぱいに見開いて、宏樹を見上げた。

「ありがとう」

そう、大夢がいいかけたときだった。

「イテエー」

教室の後ろで、勇人《はやと》のさけび声があがった。

宏樹はあごをしゃくって、大夢と啓介《けいすけ》に後ろを見るようにうながす。

教室のすみのロッカーに、勇人《はやと》がおしこめられていた。身動きのできない勇人を、亨《とおる》とその仲間が取り囲み、さかんにケリを入れていた。

格闘技《かくとうぎ》の新しい技《わざ》だと、亨は明るい声でいう。

さけびながら、勇人はへらへらと笑っている。

仲よし同士で、じゃれているようにも見える。

「おまえ、抜《ぬ》けられたじゃん」

声をひそめて啓介《けいすけ》がいった。

——どういうこと？

問う大夢《たいむ》の視線《しせん》を受けて、

「ほら、トオルの獲物《えもの》がハヤトになった」

と啓介は答える。肩《かた》ごしに、教室の後方を指差した。

「だから、タイムはもう逃《に》げなくてもいいんだよ」

宏樹《ひろき》が続けた。
「おまえがおそわれる危険《きけん》は、これで九十九パーセントなくなった」
よかったなと宏樹は、大夢《たいむ》の肩《かた》をたたいた。
――ヒロくんは知っていたのか。
おどろいて、大夢は顔をあげる。宏樹と目が合った。
「なんか、ほっとした」
宏樹がいった。大夢の逃亡《とうぼう》の旅を、宏樹なりに気にかけ、心を痛《いた》めていたのだろう。
大夢は、宏樹の気持ちをうれしく思った。
ブタめ。
くせえんだよ。
むかつくぜ。
亨《とおる》たちの暴力《ぼうりょく》はエスカレートしていく。言葉と殴打《おうだ》とが、勇人《はやと》の心と体に、ようしゃなく浴《あ》びせられている。それでも勇人《はやと》は笑っている。

「いい気味だよな」

啓介《けいすけ》はつぶやき、にやりと笑った。

「おれ、あいつらにやられたんだ。ハヤトのこぶしが、いちばん、きつかったぜ」

新学期早々の出来事だった。亨《とおる》の誘《さそ》いを断《ことわ》ったという理由で、啓介は囲まれ、暴力《ぼうりょく》を受けた。思い出すたびに、怒《いか》りがわいてくる。

「ハヤトなんか、もっとひどい目にあえばいいんだ。今までみんなにやった分、倍返しにされてもいいって感じだよ」

な、そうだろ。同意を求める啓介に、

「タイムもきつかったよな」

宏樹《ひろき》はうなずく。口元に笑みがうかんでいた。

始まりだと大夢《たいむ》は思った。

これから、教室は円形闘技場《とうぎじょう》へと変わっていく。

二千年前のローマ時代のように、観衆《かんしゅう》の目の前で、剣闘士《けんとうし》が生死をかけた闘《たたか》いをくりひろげるのだ。剣闘士の痛《いた》みを、観衆は笑いながら見物することになるだろう。

——どうすればいいのかな。

大夢《たいむ》は胸《むね》が痛んだ。大夢の代わりに、今度は勇人《はやと》が軍団《ぐんだん》に追われることになる。よかったともいい気味だとも、大夢には思えなかった。

——ぼくには、何もできない。ただ見ていることだって、できそうにない。

考えると苦しくなった。大夢は、夢中《むちゅう》で教室を飛び出した。トイレにかけこんで、便器に座《すわ》り、急いで本を開く。

——逃《に》げてばかりだ。

そう思うと、本の世界に入りこむこともできなかった。

——ぼくは、ほんとうにおくびょう者だ。

胸《むね》がどくどくと鳴った。体が自分の弱さを責《せ》めているようだった。


午後になって、雨はますますひどくなった。

窓《まど》をたたく雨の音で、岩永《いわなが》先生の声は、ほとんど聞き取れなかった。

天井《てんじょう》のすみで、旧式《きゅうしき》の扇風機《せんぷうき》がフル回転している。

「あっつうー。クーラーがほしいよ。死にそうだぁ」

後ろで啓介《けいすけ》がいった。バタバタと下じきを動かしている。大夢《たいむ》の首すじに、ぬるい風があたった。大夢のティーシャツも、汗《あせ》で湿《しめ》っていた。

ぎゃあー。

突然《とつぜん》、勇人《はやと》が悲鳴をあげた。

何があったのかと、大夢は思わず後ろをふりむいた。勇人が真っ赤な顔をしてうめいている。

「どうした？　大田《おおた》くん」

持っていた教科書から、岩永《いわなが》先生は顔をあげた。

「なんでも……、ありません」

勇人《はやと》はふるえる声でいった。

「そうか。だいじょうぶか」

先生はそういって、ひとりでうなずいている。

「いいか、もう一回説明するぞ。大事なところだから、ちゃんと頭に入れておくんだぞ。ここでつまずくと、あとが大変になるからな」

何もなかったように、先生は教科書の続きを読み上げる。

ううー。

扇風機《せんぷうき》のモーター音にまぎれて、勇人のうめき声が低くひびく。

――いつまで続くんだろ。

大夢《たいむ》は両手で耳をふさいだ。

翌日《よくじつ》もその翌日も、大夢は耳をふさぎ、ひたすら逃亡《とうぼう》を続けた。無人の荒野《こうや》を歩いているような心さびしさを感じながら。

2

金曜日――。
終業のベルが鳴ると同時に、大夢はかけだした。いつものように、教室から校門を猛《もう》ダッシュで通過《つうか》する。
すみきった青空――。
吹《ふ》きわたる風に、ほんのり秋の香《かお》りがした。

大夢《たいむ》は走るスピードをあげる。追っ手からのがれるためではない。香奈子《かなこ》の待つキッチンへ一秒でも早く着きたいからだ。大夢の足ははずみ、強く地面をける。

「お帰りなさい」

香奈子が笑顔で迎《むか》えてくれた。

「ただいま」

大夢も笑顔を返した。大きな息をひとつ吐《つ》き、大夢は心の守りをといた。よろいを脱《ぬ》いだ勇者のように、体が軽くなっていく。

キッチンのいすに座《すわ》って、大夢は香奈子の作った冷たい玄米《げんまい》スープを飲み、ニンジンケーキを食べる。

「このスープ、不思議な味がするね」

「玄米と梅干《うめぼ》しと昆布《こんぶ》のエキスが、たっぷり入っているわ。滋養《じよう》があるから、体のし

ん の疲《つか》れがとれるわよ」

香奈子《かなこ》はグラスを持ち上げた。グラスをすかして、スープの色を見る。

「滋養《じよう》って？」

「命をはぐくむというのかしら。心まで元気にするような、そんな栄養《えいよう》のこと」

「昆布《こんぶ》とかシイタケとか、豆とか。玄米《げんまい》も」

大夢《たいむ》は料理を支《ささ》える食材を指を折って数えていく。香奈子のキッチンで、初めて出会った目立たないが、よく働く食材たち。

「よくできました」

香奈子は目を細めた。大夢は玄米スープをしみじみとながめ、ゆっくりと飲みこむ。のどを通るスープの冷たさを感じながら、心を強く元気にしたいと願った。

「ね、クラスの旗はどうなったの。決まったんでしょ」

香奈子がきく。細い銀のフォークで、ニンジンケーキを小さく切った。

「知りたいの？」

もぐもぐと大夢《たいむ》の口は、せわしく動く。

「もちろん。その答えを聞きたくて、一週間が待ち遠しかったわ。サスペンスドラマの続きを待っているみたいだったの。わくわくどきどきしながら、きょうを待っていたのよ」

香奈子《かなこ》は身を乗り出して、大夢を見つめた。

「ハヤブサに決まったよ」

大夢はかばんの中から、ハヤブサのデザイン画を取り出した。

「すごいじゃないの。よくできてるわ」

香奈子は感心していた。食いいるようにデザイン画を見ている。ハヤブサのつばさはリアルで、今にも空高く飛び立ちそうだった。

「出さなきゃよかったのかな」

あのまま、ピンクのブタにしておけばよかったと、大夢《たいむ》は思うことがある。そうすれば、勇人《はやと》は、亨《とおる》の仕返しを受けずにすんだのではないかと。

「ぼくが余計《よけい》なことをしなければ、ハヤトは無事でいられたと思うんだ」

大夢は声をしずませた。ぼそぼそと、教室の一週間のあらましを話す。

「トオルを怒《おこ》らせると大変なんだ。それがわかっていたのに、ぼくがスイッチをおしてしまったんだ」

何をおそれているのだろうと、香奈子《かなこ》はもどかしく思う。ハヤブサをかいた大夢の胸《むね》のうちには、熱い志《こころざし》があったはずだ。

「自由より奴隷《どれい》でいるほうがいいってことね」

香奈子の口調は厳《きび》しくなった。

「そんなことはないけど」

奴隷という言葉に、大夢は歴史物語の一節を思い出す。古代ローマの奴隷市《いち》。くさりでつながれ、値《ね》をつけられ、買われていく奴隷《どれい》たち。力あるものに、一切の自由をうばわれてしまう。主人公である勇者は、奴隷となった友人を救うため、悪徳《あくとく》商人に戦いをいどむのだった。

「ぜったい、自由がいい」

断固《だんこ》として、大夢《たいむ》がいった。

「そうかしら。奴隷みたいにだれかをおそれて、だれかのいうままに生きているほうが楽かもしれないわよ」

香奈子《かなこ》がいいかえした。亨《とおる》と自分の関係をいいあてられたようで、大夢はどきりとした。小さく肩《かた》をすくめる。

「自由でいることって、けっこう大変よ。自分で考えて、自分で決めて、自分で責任《せきにん》を持つの。何があっても、トオルくんのせいにもできないし、ハヤトくんのせいにもできないの。それでも自由を選ぶのかしら」

挑戦《ちょうせん》するように香奈子《かなこ》はいい、テーブルの上にハヤブサのデザイン画を置いた。香奈子の意図をはかるように、大夢《たいむ》はハヤブサをじっと見つめた。

「タイムくん。自分の才能《さいのう》を出しおしみするような生き方はしないでよ。せいいっぱい、がんばったことは誇《ほこ》りに思いなさいな。余計《よけい》なことをしたなんて、悲しい後悔《こうかい》はしないでほしいわ」

香奈子の言葉は重かった。どしんどしんと大夢の胸《むね》にひびいてきた。大夢はハヤブサの広げたつばさをなでながら、香奈子の言葉をかみしめていた。

3

いつも野菜を届《とど》けてくれるおじさんから、香奈子に電話があった。畑にいるから、たまには野菜を見においでよと。

日暮《ひぐ》れまでには、まだ時間があった。

「いつも届《とど》けてもらうばかりじゃ、わるいものね」

香奈子《かなこ》は大夢《たいむ》を誘《さそ》って、畑へ行くことにした。料理をするとき、香奈子はひとつひとつの素材《そざい》をできるかぎり理解《りかい》するように心がけている。そして感謝《かんしゃ》の気持ちを忘《わす》れずにいようと努めている。野菜の育つ様子を知っておくのは、香奈子にとって料理の基本《きほん》でもあった。

「そこ、遠いの？」

大夢が心配そうにたずねた。お父さんに、遠くへ行ってはいけないと、強く釘《くぎ》を刺《さ》されている。

「車で十五分くらいかしら」

「それぐらいなら平気かな。ぼくが行ってもだいじょうぶなの？」

「おじさんならだいじょうぶよ。歓迎《かんげい》してくれるわ」

香奈子《かなこ》は納戸《なんど》から、大きめのかごを出してきて、大夢《たいむ》に持たせた。

「これ、どうするの?」

「野菜を入れるのよ。赤ずきんちゃんみたいでかわいいわよ」

車のドアを開けながら、香奈子がいった。大夢はかごを持ったまま、赤い顔をしてうつむいた。

「タイムくんは、野菜を育てたこと、あるかしら」

運転席で香奈子がきく。

「学校で、なんか植えたことはあるよ」

助手席で大夢が答える。いじめっ子軍団《ぐんだん》に追われていて、逃《に》げることに気を取られていた。お父さんに見捨てられないように、なんとか成績を維持《いじ》するのに懸命《けんめい》だった。ほかのことに関心を持つ余裕《よゆう》などなかった。野菜の名前はもちろん、野菜がどんなふうに育つのかなど、大夢《たいむ》はほとんど知らないで過《す》ごしてきた。

「わたしたちの命を養ってくれているのよ。口に入れる前に、せめて名前ぐらいは、呼《よ》んであげましょうよ」

香奈子《かなこ》がいった。ミラーごしに大夢の顔をちらりと見やる。野菜も肉や魚にも生命があり、はぐくまれてきた時間を持っている。そのことに大夢が気づくときを、香奈子は気長に待とうと思った。


おじさんの畑のある市民菜園は、住宅街の外れにあった。小高い丘《おか》の上で、まわりを金網《かなあみ》のフェンスでぐるりと囲まれていた。

色とりどりの野菜の上に、午後の太陽がさんさんとふりそそいでいた。

足元から、緑の草のにおいが立ちのぼってくる。

「雨宮《あまみや》先生だ」

「先生」

香奈子《かなこ》に気づいて、畑で作業していたおじさんたちが手をふった。

「先生だって。香奈子さんは、おじさんたちの先生なの」

大夢《たいむ》が声を低めてきく。

「たのまれて料理教室を始めたのよ」

香奈子はすまし顔で答えた。

野菜作りを趣味《しゅみ》にしているおじさんたちは、収穫《しゅうかく》した野菜のあつかいに困《こま》っていた。めずらしい野菜やとれ過《す》ぎた野菜の料理方法を教えてほしいと、何度も香奈子を訪《たず》ねてきた。断《ことわ》りきれずに、香奈子は料理教室を始めたという。

「捨てられる野菜が、かわいそうだったのよ。ソースにしたり、酢漬《すづ》けにしたり。料理する側が手をかければ、いくらでも野菜の味を生かすことができるもの」

おじさんたちの作った保存《ほぞん》料理は、家族に大好評《だいこうひょう》だったらしい。香奈子のそばに来ては、口々にお礼をいっていた。

「すごい人気だね。アイドルみたいだよ」

大夢《たいむ》がからかう。香奈子《かなこ》はこぶしで、大夢の頭をこつんとつついた。

「香奈子ちゃん、こっちだよ、こっち」

背《せ》の高いおじさんが、いちばんはしのほうで手をふっていた。まわりのおじさんたちの中では、ずっと若《わか》い感じがした。頭にバンダナを巻《ま》き、黒いティーシャツを着ていた。ティーシャツの胸《むね》には、ドクロのマークがついている。おじさんの顔は、汗《あせ》と土にまみれ、てかてかと光っていた。

「すげえ、ドクロだって」

大夢がいう。

「浅野《あさの》さんよ」

香奈子は、大夢とおじさんを引き合わせて、簡単《かんたん》に紹介《しょうかい》をする。浅野さんは絵をかく仕事をしている人、大夢《たいむ》のことは料理教室の生徒だというふうに。

「では、きみは先輩《せんぱい》というわけだね。よろしく」

その言葉で、おじさんも香奈子《かなこ》の料理教室の生徒になったことを大夢は知った。

しっかりと耕《たがや》された畑で、野菜は葉先までみずみずしかった。

「なんでも持っていってくれ。香奈子ちゃんに料理してもらうと、野菜もうれしそうなんだよ。ほんとうだよ、おれにはわかるんだ」

おじさんは流れる汗《あせ》を、タオルでふきながらいった。愛《いと》しそうに目を細めて、野菜畑をながめている。

「みんな、いい子たちだろ」

おじさんは自分の子どもを自慢《じまん》するようにいった。

おじさんの話によると、ひとつひとつの野菜には、個性《こせい》があるのだそうだ。土と場所と肥料《ひりょう》も、野菜によって好みがちがうのだそうだ。それを見つけてあげるのが、極《ごく》上《じょう》の楽しみなのだという。

「さわってみたら、よくわかるよ」

おじさんは手のひらで、土をすくい、大夢《たいむ》の手にのせた。におい。色。さわり心地。土もちがうのだと、おじさんは熱く語る。大夢には、あまりよくわからない。

「なるほど」

わかったような顔をして、大夢はいった。それがおじさんへのエチケットのような気がしたからだ。香奈子《かなこ》が横を向いて、くすくすと笑った。

4

キッチンの窓《まど》は、夕焼けのうすい紅色《べにいろ》にそまっていた。

畑から帰った香奈子《かなこ》と大夢《たいむ》は、収穫《しゅうかく》してきた野菜をていねいに洗《あら》う。料理教室の生徒のおじさんたちからも、たくさんの野菜をもらってきた。

「こんなに、どうしよう」

ふう、と大夢は大きく息を吐《つ》く。

香奈子はハッとして、大夢を見やった。洗《あら》い物《もの》の手を止める。今までの大夢なら、どうするの？　と、香奈子に答えを求めていただろう。

「どうしよう、ねえ」

香奈子は大夢の言葉を受けてみる。腕組《うでぐ》みをして、考えるふうをして、

「使い切れないのは、捨ててしまいましょうか」

といってみた。

「だめだよ」

大夢は大きな声で否定《ひてい》した。

「ちゃんと生かしてやらないと、野菜がかわいそうだよ」

くちびるをとがらせて、目をむいて、大夢《たいむ》は必死に抗議《こうぎ》する。

「おじさんたちの気持ちも、捨てることになっちゃうよ。あんなに一生懸命《いっしょうけんめい》、育てているのにさ。香奈子《かなこ》さんだって、そこんとこ、よく知ってんじゃん、もう信じらんないよ」

捨てられてはたまらないと、大夢は野菜をかばうようにかかえこんだ。大夢の心が動き出した。香奈子は胸《むね》のうちで、畑のおじさんたちに手を合わせて感謝《かんしゃ》した。

「じゃあ、どうしましょう」

大夢の心の動きが止まらないように、香奈子は問いかける。

「ピクルスの作り方、ぼくにも教えて。それと、きょうの料理は野菜をたくさん使おうよ。ダイコンの葉っぱも、こんなに元気なんだもの、なんとかしたいな」

大夢がいった。

「まずは、ミックスピクルスを作りましょうか。一週間はおいしく食べられるから、タイムくんとお父さんの野菜不足を、じゅうぶん、おぎなえるわよ」

香奈子《かなこ》はいいながら、キッチンのたなから、ほうろうなべを出した。

「お父さん、食べてくれるかな」

さびしそうに大夢《たいむ》がつぶやく。

「あらあら。くりかえすんじゃなかったのかしら」

香奈子は、大夢の顔をのぞきこんでいった。ファイルからレシピのコピーを取り出して、大夢に渡《わた》す。

「そうでした。くりかえし、でした」

大夢は小さく舌《した》を出して笑った。レシピを見ながらピクルス液《えき》を作る。

「酢《す》と砂糖《さとう》と塩と水、ローリエと赤トウガラシ」

まちがえないように、大夢は口に出して材料をそろえていく。

「水は、一カップだよね」

計量カップを手に持って、大夢《たいむ》はちらちらと香奈子《かなこ》の顔をうかがう。動き出した心は、寄《よ》せたり引いたりとめまぐるしい。香奈子が安心できる岸辺かどうか、大夢は自分の弱さをぶつけては確認《かくにん》する。

香奈子は力強くうなずいてみせる。

「いいかげんでいいのよ。料理はね、失敗しながら覚えていくものなの。失敗したり、うまくいったり。味のちがいを知るには、大事なことなのよ」

香奈子はグラスの水を、ザバリとなべに入れた。アッと大夢はさけび、

「そんなことをしたら、ほんとうに失敗するよ」

おどろきのあまり、声を裏返《うらがえ》らせていった。

「いいの」

明るく香奈子はいう。

「ほんとうにだいじょうぶ?」

「だいじょうぶよ。ダメなら、やり直せばいいだけのことだもの」

それだけのことだと、香奈子《かなこ》は大きく眉《まゆ》をあげる。大夢《たいむ》は計量カップの水を捨てて、香奈子を見上げた。

「ぼくが失敗しても、香奈子さん、ほんとうに怒《おこ》らない? このキッチンから追い出したりしない?」

「しないわ」

はっきりと香奈子は否定《ひてい》する。

「さっき、野菜を捨てちゃだめって、タイムくん、ものすごいいきおいで怒ったでしょ。ほんとうの仲間になったと思ったわ。食材と作った人たちへの感謝《かんしゃ》の気持ちを、タイムくんは大切にしてくれたでしょ。すごくうれしかったわよ」

大夢はまばたきもせず、じっと香奈子を見つめている。

「だから、ここはわたしたちのとりでよ。何があっても、決して追い出したりはしない。約束するわ」

香奈子《かなこ》はいった。

「よかった。安心した」

大夢《たいむ》は胸《むね》に手をあてて、にっこりとした。歴史物語の主人公である勇者には、冒険《ぼうけん》の旅を応援《おうえん》してくれるおじさんとおばさんがいた。いつでも温かく迎《むか》え入《い》れてくれる、勇者の安心の岸辺だった。

——ぼくの岸辺が見つかった。

大夢はゆっくりとキッチンを見回す。旅の途中《とちゅう》で傷《きず》つくことがあっても、もうこわくはない。ここへ帰ってくればいい。香奈子のいるこのキッチンへ。

5

ふたりでは食べきれないほど、試食会のテーブルはにぎやかになった。

「クマさんにも、参加してもらいましょうか」

香奈子《かなこ》はいい、和也《かずや》を呼《よ》びに行った。野菜のちらしずしに、大皿に盛《も》った鶏肉《とりにく》と野菜の煮物《にもの》。それにサラダと天ぷら。定番のみそ汁《しる》もある。畑の野菜は、さまざま形を変えて、テーブルに並《なら》んでいる。

香奈子はすぐにもどってきて、

「クマさんは、途中《とちゅう》から参加するって。本を読み出したら止まらなくなるの」

といった。テーブルに和也のはしと茶碗《ちゃわん》を出しながら、困《こま》ったクマさんだと、香奈子は眉根《まゆね》を寄《よ》せた。

「畑からいっしょだったからかな。野菜がみんな、かわいく思えてくるね。きらいだから食べないなんて、かわいそうでいえなくなっちゃうよ」

大夢《たいむ》はニンジン、ゴボウ、レンコンと順番に口に入れていく。素材《そざい》の味を、しっかりと味わう。

「タイムくんは、ほんとうに優《やさ》しいのね」

香奈子《かなこ》はくすくす笑う。おいしそうに食べる大夢につられて、香奈子の食欲《しょくよく》もわいてきた。野菜の煮物《にもの》を小皿に取り分けた。

「ねえ、香奈子さん。どうしてなんだろ」

はしでニンジンをはさんだまま、大夢がいった。

「全部、同じなべで煮たのに、ニンジンはやっぱり、ニンジンの味がする」

大夢はしきりに首をひねる。

「いわれてみればそうねえ。どうしてかしら」

香奈子《かなこ》はは しを置いて、皿の上の野菜をしみじみとながめる。

「おなべの中は、教室みたいなんじゃないかしら。甘《あま》いのや苦いのや辛《から》いのや、いろんな味を持っている野菜が集まってきて、けんかしたり、仲よくしたり」

「そうなのかな」

そうだとしたら、自分はどんな味を持っているのだろうと、大夢《たいむ》は考えてみる。なべの中で、ちゃんと自分の味を出せているのだろうか。声も出さず、休み時間はほとんどトイレにかくれていた。自分の味をひたすら消そうとしてきたような気がする。

大夢は、急に不安になった。

「どうしよう。ぼくは味をなくしたかも」

香奈子は、そ知らぬ顔で煮物《にもの》を食べている。シイタケを食べてはうなずき、ゴボウを食べてはうなずいている。

「なるほどなるほど。シイタケさんもゴボウさんも、それぞれの持っている旨味《うまみ》を出しおしみしないのね。思いっきり出し合って、生かし合うから、おいしい料理に仕上がるというわけですね」

香奈子《かなこ》は野菜に向かって話しかけている。大人なのに子どもみたいなことをすると、大夢《たいむ》はあきれながら聞いている。

「そうそう。だれかさんみたいにえんりょしていたら、自分の持っている味もなくしてしまうし、旨味も出てこないわよね。料理としては、大失敗というところかしら」

「だれかさんて、ぼくのことかな」

野菜と香奈子の会話に、大夢は割《わ》って入った。

「ハヤブサの旗のことをいっているんでしょ。わかったよ、もう後悔《こうかい》はしない」

大夢は宣言《せんげん》する。

香奈子の言葉は胸《むね》に刻《きざ》まれている。厳《きび》しい香奈子の顔と声。思い出すだけで、へそのあたりがしくしくと痛《いた》くなる。

ミョウガやシシトウ、ナスにトマト、ゴーヤ。いろんな野菜を天ぷらにして揚《あ》げた。シソの葉には納豆《なっとう》をくるんだり、チーズをくるんだり。次々と飛び出す大夢《たいむ》のアイディアを、香奈子《かなこ》はすべて取り入れてくれた。

「食べてみないと、味はわからないものね」

香奈子がいう。

「トマトは、ちょっと微妙《びみょう》な感じだね」

口に入れて、大夢がうなずく。

「トオルくんの味って、どんなかしら」

ふと思いついたように、香奈子がいった。かき揚げを天つゆにひたしながら、香奈子は考えている。

「きっと、毒のある苦い味だよ。フグとかゴーヤとか」

大夢《たいむ》は、苦虫《にがむし》をかみつぶしたような顔をした。

「あら、フグもゴーヤも、すごくおいしいわよ。どんな食材も、料理人の愛と腕次第《うでしだい》
といえるかもしれないわね」

香奈子《かなこ》は、さくさくと音を立ててかき揚《あ》げを食べる。フグのから揚げも、なかなか
おいしいのだと大夢に話す。

「じゃあ、トオルはかわいそうだ」

トマトの天ぷらを前にして、ぽそりと大夢がいった。

「どうしてかわいそうなの」

香奈子がきく。

「トオルのいうこともすることも、苦すぎるし毒がきつすぎるんだよ」

うんうんと香奈子がうなずく。大夢の話から、それは十分に想像できた。

「ということはさ、腕のいい料理人が、トオルのそばにはいないってことでしょ。お

父さんもお母さんも、トオルの味をわかっていないってことなんじゃないのかな。それって、けっこう、さみしいと思う」

大夢《たいむ》は大人びた口調でいった。なるほどと香奈子《かなこ》は思った。

「タイムくんは、どんどん腕《うで》をあげていくわね。きっといい料理人になるわ。まずはトマトの味をわかろうね」

「うん、失敗しながら覚えていくことにする」

大夢は素直《すなお》だった。トマトの天ぷらの味は、大夢の期待にそわなかったのだろう。眉《まゆ》を寄《よ》せながら飲みこんでいる。

バタバタとスリッパの音をひびかせて、和也《かずや》がキッチンに姿《すがた》を見せた。

「タイムくんといったね。これはきみの本だろ」

大夢の目の前に、和也は本を置いた。よれよれの文庫本。何度も読み返しているから、カバーも破《やぶ》れかけている。

「あ、そうです。ぼくのです」

大夢《たいむ》は本を受け取り、急いでかばんに入れた。よごれすぎていて恥《は》ずかしかった。

和也《かずや》は、つい夢中《むちゅう》になって読んでしまったと、白い頭をかく。

「廊下《ろうか》にね、落ちていたんだよ」

和也は老眼鏡《ろうがんきょう》を外し、大夢の顔をじろじろと見る。

「きみは、アンナマリーの作品が好きなのかい。ほかに彼女《かのじょ》のどんな作品を読んだのかね」

はしを取りながら、和也がきく。

「このシリーズだけです。それも、まだ六巻《かん》までしか読んでいません。作者が好きというより、ぼくはこの主人公が好きなので」

「ほう。ルーカスのどんなところが気に入ったんだね」

和也《かずや》は矢つぎばやに、質問《しつもん》をくりだしてくる。大夢《たいむ》は困《こま》って、救いを求めるように、香奈子《かなこ》を見た。

「ごめんなさいね。クマさんは本のことになると、ブレーキがきかなくなるの」

香奈子はついと肩《かた》をすくめる。クマさんといわれたことにも気づかないほど、和也は興奮《こうふん》して話しまくる。

「『チェンジングワールド』は、アンナマリーの初期の作品なんだ。希望あふれる、なかなかいい作品だよ」

大学で英文学を教えていたという和也は、大夢に作品の背景《はいけい》を語った。作者であるアンナマリーの育った町のこと。勇者ルーカスの旅した土地のこと。二千年前の物語が、現実《げんじつ》のことのように大夢の目の前に広がっていく。

夜はすっかり更《ふ》けていた。

満月の明かりの下を、大夢《たいむ》は家までの道を歩く。胃《い》も心もぱんぱんに満ちていた。
このまま、勇者の旅した土地まで歩いていきたい気分だった。

第四章　クスノキの下で

1

カラスの鳴《な》き騒《さわ》ぐ声で、大夢《たいむ》は目が覚めた。ベッドの中で大きくのびをする。

「何時かな」

枕《まくら》もとの目覚まし時計を見ると、ミッキーマウスの左右の指先が、6と12を指していた。大夢はベッドから飛び下りて、カーテンを開ける。まばゆい光が、部屋いっぱいに差しこんできた。

「お母さん、おはよう」

机《つくえ》の上にあるお母さんの写真に、声をかける。

――さてと。朝ごはんは、なんにしようかな。

窓《まど》を開けながら、大夢《たいむ》は考える。朝食のみそ汁《しる》の具はどれを使おうか。ごはんは雑炊《ぞうすい》がいいかな、野菜のふりかけごはんがいいかな。

――どっちもおいしそうだ。

大夢の腹《はら》の虫が、ぐうとないた。食事を規則的《きそくてき》に、しっかり取るようになったからだろうか。このごろ大夢は、早起きになった。目が覚めると、空腹《くうふく》を感じるようにもなった。

香奈子《かなこ》の料理教室のおかげで、食べることも作ることも楽しくなった。大夢は鼻歌を歌いながら、いそいそとキッチンへ向かう。

お父さんの部屋から、大きないびきが聞こえてきた。ゆうべは帰りがおそかったみたいだ。キッチンのテーブルには、缶《かん》ビールの空き缶が転がっていた。

大夢は、お父さんを起こさないように、そっとキッチンのドアをしめる。

「雑炊にしようっと」

お父さんには、そのほうがいいと大夢《たいむ》は思った。

冷蔵庫《れいぞうこ》から野菜が入ったフリーザーバッグをいくつか取り出す。すぐに使えるように、切って小分けにされた野菜。包丁《ほうちょう》なしでレンジでも調理できるように、香奈子《かなこ》が考えてくれた。

――いつになったら、オーケーが出るのかな。

料理教室以外で包丁を使うことを、大夢はお父さんに固く禁《きん》じられている。火を使うことにも、お父さんはあまりいい顔をしない。

「くりかえし、くりかえし、だよね」

大夢は声に出していった。

お父さんも作りたてのごはんを食べたら、わかってくれる。おいしい料理を大夢が作れるようになったら、きっとわかってくれる。それまで、香奈子の料理教室で腕《うで》をみがくことにしようと、大夢は自分をはげました。

大麦入りの雑炊《ぞうすい》には、タマネギ、ジャガイモ、ニンジン、セロリを入れた。チキンスープと牛乳《ぎゅうにゅう》で煮《に》こむ。みそ汁《しる》はコマツナとわかめにする。ぬか漬《づ》けとピクルスも、ちょうど食べごろだ。

仕度が整ったころに、お父さんが起きてきた。パジャマのまま、新聞を手に持っている。

「朝ごはん、できたよ」

大夢《たいむ》がいった。香奈子《かなこ》のアドバイスにしたがって、少しずつでも声を出していくことにしている。

「おれは、コーヒーでいい」

お父さんはふきげんそうに、眉間《みけん》に深いしわを寄せた。

自分でマグカップを出して、インスタントコーヒーを入れた。頭痛《ずつう》がするらしく、指でこめかみをもんでいる。

「疲《つか》れているみたいだね。ちゃんと食べたほうがいいよ」

お父さんの健康が、大夢《たいむ》は心配でたまらない。お母さんのように病気になったら、どうしたらいいんだろう。

「雑炊《ぞうすい》にしたんだ、一口でもいいから食べてよ」

大夢はお父さんのごはん茶碗《ぢゃわん》に、雑炊をよそった。はしといっしょに、お父さんの目の前に置いた。

「余計《よけい》なことをするな。そんなのを作っているひまがあったら、勉強しろ」

新聞に目を落としたままで、お父さんはいった。

「くりかえし、くりかえし」

小さな声で、大夢はつぶやく。言葉が気持ちを落ち着けてくれた。大夢はだまって食べ始める。みそ汁も雑炊も、なかなかの味だった。

「おいしいよ」

大夢《たいむ》がいった。キュウリとダイコンのぬか漬《づ》けもいい感じだった。お代わりをする大夢を、お父さんはじろりと横目で見た。

「さっさと食べて、早く学校へ行け」

お父さんにせかされるようにして、大夢は家を出た。

2

学校には始業ベルと同時にすべりこむことにしている。そのほうが安全だと、大夢は思っている。

――まだ早すぎる。

大夢はいつもの通学路ではなく、遠回りをすることにした。ルール違反《いはん》にはなるけれど、勇者には、時には冒険《ぼうけん》も必要なのだと思うことにした。

児童公園には、大きなクリの木があった。熟《じゅく》す前の緑色のいががいくつも見える。公園のとなりの家には、イチジクが実をつけていた。そのとなりには、まだ小さなカキの実がたくさん。見上げると、いろんな果実があった。

——イチジクのタルトは、おいしかったな。

香奈子《かなこ》の作ったケーキの味を思い出すと、よだれが出そうになった。大夢《たいむ》は、ぼんやりと朝の道を歩いていた。

「ちょっと」

後ろで声がして、いきなり腕《うで》をつかまれた。大夢は息が止まりそうになった。

「話があるの。ちょっと来て」

優菜《ゆうな》だった。有無をいわさない強さで、大夢の腕をぐいと引《ひ》っ張《ぱ》る。

大夢はわけがわからない。あんぐりと口を開け、手を取られるまま、優菜の後へついていった。

――これって夢《ゆめ》かな。

左腕《ひだりうで》を取る優菜《ゆうな》の白い手を、大夢《たいむ》は右の手でそっとふれてみた。少なくとも悪い夢ではなかった。大夢は混乱《こんらん》した頭の中を、必死に整理しようとする。

優菜はふりむきもせず、急ぎ足で歩いていく。近くの神社の石段《いしだん》も、いきおいよくかけあがっていく。

「待ってよ、西村《にしむら》さん。話って何」

大夢はさけんだ。境内《けいだい》にある巨大《きょだい》なクスノキから、ばさばさと小鳥が飛び立っていった。優菜の足が止まった。くるりと大夢をふりむいて、

「びっくりしたやろ、ごめんな」

優菜がいった。大きな目をいっぱいに見開いて、大夢を見つめている。

「なんで、こんなところに連れてくるんだよ。何があったのか、いってくれなきゃ、

わかんないだろ」

高鳴った大夢《たいむ》のどうきは、なかなか静まらなかった。

「やっぱ、そうやったんやね」

優菜《ゆうな》は、大夢の顔をのぞきこむ。

「だから、なんのことだって！」

少しいらだったように、大夢はいった。心臓《しんぞう》が思いっきり、どきどきしていることを、優菜に知られたくなかった。

「タイムくんは、学校では声が出せへんでしょ」

まっすぐに見つめる優菜の目に、大夢は吸《す》いこまれそうになった。思わず後ずさりをする。

「つらい目にあった場所では、声が出えへんようになる人がいるんやって。そんな話、聞いて、わたし、ひらめいてん」

大夢《たいむ》がいじめにあっていると、優菜《ゆうな》は思っている。そのつらさから心をとざし、声をなくしてしまったと考えたようだ。

「楽しい思い出のある場所やったら、どうやろうって」

優菜はついと首をあげて、クスノキを見上げた。樹齢《じゅれい》六百年といわれるクスノキ。広げた枝《えだ》には青々と葉がしげっていた。

「ここは、あんたとヒロキが、友情《ゆうじょう》をちかった場所なんやろ」

ひっそりとした境内《けいだい》を、優菜は興味深げに見回している。

「なんで、そんなこと、知っているの」

大夢はおどろいて声をあげた。優菜はふっと笑う。

「わたしね、どうしてもあんたと話したかったの。だから、試してみる価値《かち》はあると思ってん。それで、ずっとチャンスをねらっていてん」

大夢は優菜の意図がつかめずにいる。眉根《まゆね》を寄《よ》せて、じっと優菜の口元を見た。聞きもらさないようにと、意識《いしき》を集中させた。

「あんた、いっつも風のように走っているやんか。なかなか、つかまえられへんくて、あきらめかけていてん」

「それで、さっき、あんなに強くつかんだのか」

さも痛《いた》そうに、大夢《たいむ》は腕《うで》をさする。

「ごめんなあ。つい力が入ってしまった」

優菜《ゆうな》は、両手を合わせてわびた。

「けど、うれしいな。ほんとうに声が出るんやね」

優菜の目が、きらきらと輝《かがや》いている。まぶしすぎて、大夢は視線《しせん》を外した。

「声はべつに、なくしたわけじゃないから」

クスノキを見上げながら、大夢は答える。

群《む》れをなす小鳥が、またクスノキに集まってきた。ちいちいとにぎやかにさえずっている。

優菜《ゆうな》は、境内《けいだい》の石段《いしだん》の上にすとんと腰《こし》をおろした。

「あんたも座《すわ》って」

いわれるままに、大夢《たいむ》は優菜のとなりに並《なら》んで座った。優菜の大きな目が、じっと大夢を見つめている。

「早くいってよ。ぼくに話ってなんだよ」

優菜の視線《しせん》にたえきれず、大夢はわざと乱暴《らんぼう》にいった。これ以上見つめられると、心臓《しんぞう》が爆発《ばくはつ》しそうだった。

「わたしね、今のクラスの中でいちばん勇気があるんは、あんたやと思ってる。トオルのおどしに乗らへんのは、あんただけよ。ハヤブサの旗、めっちゃ、よかったしね」

もしかして、これは恋《こい》の告白なのだろうか。そうだとしたら、どうしたらいいんだろう。大夢は頭がまっ白になった。

「ぼ、ぼくは……、ぜんぜん……、そんなことないし。西村《にしむら》さん、かわいいし」

何をいっているんだろう。大夢《たいむ》は、ぶんぶんと首をふった。

「ユウナでいいよ。問題はハヤトのこと。このままにしといてええんかな。わたし、もう、がまんができひんねん」

なんだ、そのことかと、大夢はがっくりと肩《かた》を落とした。亨《とおる》たちのあまりの横暴《おうぼう》ぶりに、優菜《ゆうな》は止めに入ろうとしたらしい。

「ヒロキに止められた。ハヤトの男のプライドが傷《きず》つくんやって。変やね、そんなん。あんなにぼこぼこやられているのに」

「それはあるかも」

宏樹《ひろき》のいうとおりだと、大夢は思った。もし自分が勇人《はやと》だとしても、優菜に助けられたら、うれしいというより、かなり心がイタイかもしれない。

「そうなん、あんたもそう思うん」

優菜《ゆうな》は不満げな顔をした。すべすべのほおをいっぱいにふくらませる。

「じゃあ、あんたたちでどうにかしてよ」

バトンを渡《わた》したとでもいうように、優菜は大夢《たいむ》の肩《かた》をたたいた。どうにかしなければいけないと大夢も思う。けれど、亨《とおる》の邪悪《じゃあく》さに立ち向かうには、まだまだパワーが足りない気がする。

「西村《にしむら》さんは、どうして人のことに、そんなに一生懸命《いっしょうけんめい》になれるの」

大夢は不思議でならない。優菜は、こわくはないのだろうか。亨とその軍団《ぐんだん》の暴力《ぼうりょく》には、クラスの男子でさえ、びくびくしている。女子といえど、亨は手かげんなどしないだろう。どんな反撃《はんげき》を受けるか、わかったものではない。

「ユウナでいいってば」

そう呼《よ》ばれたほうが、気楽に話せるのだと優菜は笑う。

「人のことと、ちがうやん。わたしの教室やで。わたしのクラスメートやで。ちゃんと、わたしのことやもん。そいで、タイム、あんたの教室でもあるんやで」

優菜《ゆうな》の真剣《しんけん》なまなざしにとらえられて、大夢《たいむ》は視線《しせん》をそらすことも思いをそらすこともできなくなった。

「自分のいる場所を、自分の手で守るんは当たり前のことやろ。その努力をおこたったら、わたしたちは、気づかないうちに自由をなくしてしまうことになるよ」

「それはさ、たとえばどんなことかな」

大夢がきく。優菜の話は簡単《かんたん》そうでむずかしい。

亭《とおる》と勇人《はやと》の問題が、なぜ自由をなくすところまで飛んでいくのか、大夢には筋《すじ》が読めなかった。

「京都《きょうと》の学校でな、ディベートの授業《じゅぎょう》があってん。その時間に、いじめの問題をテーマに、話し合ったことがあるん。みんなで、ものすごういい、考えた」

転校前の学校の様子を、優菜はなつかしそうに話した。月に一度、テーマを決めて、徹底討論《てっていとうろん》をするのだそうだ。

「タイムも考えてみ。いやな話やけど、もしもやで、ハヤトがけがをしたり、自殺したりしたら、どうなるん」

優菜《ゆうな》に問われ、大夢《たいむ》は腕《うで》を組んで目をとじる。最悪のパターンだ。けれど、このまま、何もせずにいたら、いじめはどんどんひどくなるだろう。当然、予想されることでもある。

「教室はパニックになるね」

岩永《いわなが》先生の悲しそうな顔。泣きながら、反省の言葉を口にするクラスメート。保護《ほご》者会《しゃかい》が開かれ、校長先生が頭をさげる。テレビで見るニュース映像《えいぞう》が、大夢の目にうかぶ。

「問題はそれからよ。大人はどう出てくるかな」

「いじめはいけないって、どうにかして、ぼくらに教えようとするんじゃないの」

「どんな方法で？」

「ルールを作んなきゃ。そいで、ルール違反《いはん》をしたら、罰《ばつ》を与《あた》えるんだ」

「どんなルール？　ルール違反をしてから罰するの？」

優菜《ゆうな》は次々と質問を浴びせてくる。大夢《たいむ》が答えにつまると、じれったそうにジーンズをはいた長い足をゆらす。

「大人は気が短いやん。わかりやすい結果しか求めていないとしたら、どうやろ？」

「いじめをなくすのだけが目的なら、教室にはカメラがあって、GPS《ジーピーエス》を持たせて、ぼくらの行動を監視《かんし》していればいいんだ」

「そうや。ついでにチェックした言葉や行動をポイントにして、成績表につなげていったらどうやろ」

「まちがいなく、トオルはいじめをやめるね」

大夢は断言《だんげん》した。亨は成績をあげるのに必死だ。岩永《いわなが》先生のわずか一点の採点《さいてん》ミスを、猛烈《もうれつ》ないきおいで怒《おこ》って、訂正《ていせい》させたこともある。

「あんたが実行していることも、いじめの予防策《よぼうさく》やとしたら、有効《ゆうこう》かもしれん」

優菜《ゆうな》がいった。大夢《たいむ》はなんのことかと首をかしげる。

「クラスメート同士の会話禁止《きんし》、接触《せっしょく》禁止。わたしたちは、ただもくもくと学力テストと体力テストに集中するねん」

強い風が吹いてきて、ざあざあとクスノキをゆらした。優菜の声が風にまみれて舞《ま》い上《あ》がっていく。

「それじゃ、ぼくら、まるでロボットか奴隷《どれい》みたいだよ」

大夢はハッと息をのむ。

(自由より奴隷でいるほうがいいってことね)

香奈子《かなこ》の言葉の意味が、実感を持って理解《りかい》できた気がした。大夢は胸《むね》に手をあてて、香奈子の声を聞く。

（自分で考えて、自分で決めて、自分で責任を持つの。それでも自由を選ぶのかしら）

その問いに、大夢《たいむ》は答えたはずだ。ぜったい、自由がいいと。

「わかったよ。トオルとハヤトの問題をほうっておいたらいけないんだ。内乱《ないらん》を続けていたら、他国から侵略《しんりゃく》されてしまうのとおんなじだね」

優菜《ゆうな》のいう自由へ、大夢はようやくたどり着いた。二千年前の勇者の戦いが、今も形を変えて続いている。

「あんたなら、わかってくれると思ってたんや。やっぱ、そうやったな、わたしの目にくるいはなかったんやな」

手をたたいて、優菜は喜んでいる。風にクスノキの枝《えだ》がゆれて、きらきらと光がこぼれてきた。

「どうして、ぼくだと思ったの。ぼくは逃《に》げることしかできないでいるのに」

今度は大夢が質問《しつもん》する番だ。

「それも戦術《せんじゅつ》のひとつやろ。あんたを見てて思ってん。なあ、いっそ、みんなで逃《に》げたらどうやろ」

優菜《ゆうな》がいった。おどろきすぎて、大夢《たいむ》は石段《いしだん》から転げ落ちそうになった。逃亡《とうぼう》が戦術のひとつといわれたことに、感動すら覚えた。

「ニンジンやな」

しみじみと大夢はつぶやく。いつのまにか、優菜の言い方がうつっている。

「なにそれ？」

クスクス笑いながら、優菜がきく。大夢は恥《は》ずかしそうに顔をふせた。思いや考えの深さを知るたびに、大夢はニンジンの甘《あま》さを思い出す。

「ニンジンもいろんな味を持っているってこと」

大夢は答えた。逃げてばかりいる弱虫だと、自分のことを思っていた。それもひとつの戦術だと優菜にいわれ、きのうまでの自分が愛《いと》しくなった。勇者への道を一歩、進めた気がした。

「あれえ、タイムくんじゃないか」

石段《いしだん》の下で浅野《あさの》さんが声をはりあげている。頭はポニーテール。ジーンズとおそろいのジャケットを着ている。

「知ってる人?」

優菜《ゆうな》がきく。

「うん。おいしい野菜を育てているおじさん」

おはようございまーすと、大夢《たいむ》は大きな声でいい、手をふった。浅野さんは石段を上ってきて、

「もう学校が始まる時間だろ。いいのか、こんなところでアブラ売ってて」

と、こわい顔でいった。

「あっ、いけない」

大夢《たいむ》と優菜《ゆうな》は同時にさけび、立ち上がった。話しこんでいて、登校時間をすっかり忘《わす》れていた。

「やばい。急ごう」

ありがとう、と浅野《あさの》さんにいいおいて、大夢と優菜はいきおいよくかけだした。

「わたしがあんたを見こんだ理由な、もうひとつあんねん」

走るスピードをあげながら、優菜がいった。

「あんたさ、世界を変えたいって思っているんやろ。だったら、自分のいる世界も、きっと変えようとしてくれるって、わたし、信じられてん」

大夢の足が止まりそうになった。

「そんなこと、ぜんぜん思っていないよ」

「わたし、知ってんで、あんたのバイブル」

優菜はスピードをゆるめない。あわてて大夢は追いかける。

「そんなの、ないよ」

大夢《たいむ》は優菜《ゆうな》を追いこした。

「うそつき」

大夢の背中《せなか》に、優菜のつぶやきがあたった。

何のことをいっているのか、大夢にはまったく心当たりがなかった。校門はもうすぐ。始業のベルが鳴り始めていた。

「いつも読んでいる本のことやで。今もここに入っているんやろ」

はあはあと息を切らしながら、優菜がいった。大夢のかばんをポンとたたいて、優菜はラストスパートをかける。

「チェンジングワールド!」

優菜がさけんだ。

3

昇降口《しょうこうぐち》に勇人《はやと》の姿《すがた》があった。

大きな体をまるめて、しょんぼりと立ちすくんでいる。手にした上履《うわば》きには、マジックインキで『ブタ、死ね』と黒々と書かれていた。

「おはよう」

元気よく、優菜《ゆうな》がいった。勇人はびくんと体をふるわせた。優菜はかばんから、秘《ひ》密《みつ》兵器の修正液《しゅうせいえき》を取り出した。

「貸《か》して」

勇人の上履きを取り、マジックで書かれた文字の上に、手早く修正液をぬった。

「初めてマジックを持った、ちいちゃな子みたいやね。うれしくて、なんにでも落書きしてしまうんやな。困《こま》った子や」

優菜《ゆうな》は苦笑しながら、『ブタ』も『死ね』も白くぬりつぶしていく。優菜のいいようがおかしくて、大夢《たいむ》はぷっとふきだした。勇人《はやと》のかたい表情《ひょうじょう》が、いっしゅんゆるむ。

「さあ、始まるよ」

勇人の前に上履《うわば》きを置き、優菜がいった。

「行こう」

大夢が勇人の背中《せなか》をおした。勇人はおどろいたように、大夢を見た。まるい小さな目を、せいいっぱいに見開いて、

「おまえ、声」

といった。

「うん。出せなかったわけじゃないから」

自分の意志《いし》で出さなかったのだと、大夢《たいむ》は思っている。

「ハヤト、ユニオンに入らないか」

廊下《ろうか》を走りながら、大夢がいった。

「なんだ、それ」

「みんなで助け合うってことだよ。休み時間の逃亡《とうぼう》も手助けするぜ」

勇人《はやと》の顔が、ぱっと明るくなった。

「トオルに知れたら、まずいだろ」

「知られないようにすればいいさ」

「入る」

勇人は、もう息を切らせている。それでも足取りは軽くなっていた。死んだような
勇人の目に、ぽっと光がともった。

亨《とおる》と勇人《はやと》の間に、薄《うす》い膜《まく》をはるように、大夢《たいむ》と優菜《ゆうな》は気を配った。休み時間は、勇人をせかして図書室に走った。

「ここなら、だれも手を出せないよ」

大夢がいった。図書室にはボランティアのおばさんたちがいて、本の貸《か》し出《だ》しや整理をしていた。

広い図書室には、日差しがさんさんと注いでいる。ぐるりと壁面《へきめん》に並《なら》ぶ本だな。その手前に、背中合《せなかあ》わせに低めの本だなが並ぶ。風が通りやすく、低学年でも手が届《とど》くようにと工夫された室内は、おばさんたちの目もよく届く。

すみのテーブルで、調べ物をしている六年生のグループがひとつ。借りていく本を選んでいる下級生がふたり。全員の様子が見通せた。

「おまえもここへ逃《に》げていたのか」

勇人がきく。

「まあね」

大夢《たいむ》はあいまいにうなずいておく。トイレにこもっていたことは、自分の胸《むね》にしまっておくことにする。

「なあ、だいじょうぶかな。仕返しされたりしないかな」

しきりと勇人《はやと》は、入り口に目をやった。

「心配なら教室へもどればいいよ。ユニオンがいやなら、いつでもやめていいんだぜ。ハヤトが自分で決めることだよ」

本だなに目を置いたまま、大夢は冷たくいった。アンナマリーの作品が数点並《なら》んでいた。和也《かずや》にすすめられた短編集《たんぺんしゅう》を見つけ、大夢は迷《まよ》わず手に取った。

「わかったよ。おれ、おまえを信じるよ。もうトオルとは、こっちから絶交《ぜっこう》をきってやる」

雄々《おお》しく勇人はいった。ふくよかな顔に、玉の汗《あせ》がうかんでいた。

「勇ましいんだね」

くすりと大夢《たいむ》は笑う。

「おれ、これにする」

勇人《はやと》はマンガ歴史物語を手にしている。勇人の好きなコミックに類するものは、それしか見当たらなかった。

中央の大きなテーブルには、十人分の席がある。大夢はその真ん中に座《すわ》った。もう戦いは始まったのだ。堂々と宣戦布告《せんせんふこく》をしようと大夢は決めた。

(今のクラスの中でいちばん勇気があるんは、あんたやと思ってる)

優菜《ゆうな》の言葉はヴィーナスのように、大夢の心の中で光っている。その期待にこたえたいと、大夢は思った。

「なあ、もっとすみっこのほうがいいんじゃねえの。ここは目立ちすぎるぜ」

勇人は腕《うで》で額《ひたい》の汗《あせ》をぬぐう。はでなプリントのティーシャツには、いくつも汗のしみがういていた。

「ハヤトは、自分の好きな席を選べばいいよ。ユニオンのメンバーは、自分で考えて、自分で決めるんだ。ぼくはここにする。きょうは、ユニオンの初めての会合だしね。目立ったほうがいいんだ」

「会合ってなんだよ。おれとおまえしか、いないじゃないか」

勇人《はやと》は周囲を見回しながらいった。不安そうに眉《まゆ》を寄《よ》せる。

「それでもいいさ」

大夢《たいむ》は勇人の不安を受け流して、短編集《たんぺんしゅう》を開いた。一話の『白鳥』は、一九三〇年のドイツが舞台《ぶたい》となっている。ベルリンに住むユダヤ人一家に、男の子が生まれたところから、話はスタートする。

「なあ、タイム。おれ、どうすればいいんだろ。自分で決めたことなんて、今まで一度もないからさ、わけわかんないよ」

あっちの席、こっちの席と移動《いどう》して、結局、勇人《はやと》は大夢《たいむ》のとなりに座《すわ》った。

「だってよ、ちょっとでもさからうと、ママにビンタはられるんだぜ」

勇人はまるい顔を、おおげさにしかめてみせた。

「その代わり、なんでもいうことを聞いていれば、食いほうだい飲みほうだいだし、優《やさ》しくしてくれるしな。ぜったい、得だろ」

薄笑《うすわら》いをうかべて勇人はいう。

――それって、まるで奴隷《どれい》みたいだ。

と大夢は思った。強い声に流されるように、勇人は育てられてきていた。勇人のお母さんは、勇人の味などどうでもいいと思っているらしい。腕《うで》のいい料理人に出会えていない勇人が、大夢は急にあわれになった。

「ひとりで決めたじゃないか。ピンクのブタはいやだって。トオルにさからって、立ち上がったろ」

大夢《たいむ》がいった。

「あれだけは、どうしてもイヤだったんだ。でも、その結果がこれだよ、ママのビンタよりずっと痛《いた》いのが返ってきているよ」

勇人《はやと》は泣きそうな顔をした。への字に曲げた口元が、ぷるぷるとふるえている。大夢は本をとじて、勇人に向き直った。

「ハヤト。せいいっぱいがんばったことは、誇《ほこ》りに思え。余計《よけい》なことをしたなんて、悲しい後悔《こうかい》はするな」

そういって、大夢は勇人の背中《せなか》をたたいた。バシンといい音がした。勇人は復唱《ふくしょう》しながら、言葉の意味を考えている。

「おそくなってごめんな」

優菜《ゆうな》が来て、大夢のとなりに座《すわ》った。

「仲間がふえたよ」

大夢《たいむ》にささやく。優菜《ゆうな》の視線《しせん》の先には前田麻美《まえだあさみ》がいた。本だなの前に立って、借りる本を探《さが》している。赤い縁《ふち》のめがねをかけて、長い髪《かみ》をふたつに結んでいる。麻美も優菜と同じ転校生だったことを、大夢はふと思い出した。

三年生の春。まだ大夢のお母さんが元気だったころのことだ。たしかドイツから帰国したばかりだといっていた。

「だいじょうぶなのかな」

大夢はつぶやいた。麻美は細くて小さくて、弱々しい。見るからにたよりなさそうだった。戦いにたえられるのだろうかと、大夢は心配になった。

「そのうちわかるよ。あの子もニンジンや」

優菜の目が笑っていた。選んだ本を胸《むね》にかかえて、麻美は優菜のとなりに座《すわ》った。静かに本を開いて読み始める。

「あれ、ヒロキじゃん」

勇人《はやと》がうれしそうな声をあげた。宏樹《ひろき》が図書室をのぞいていた。

「ここ、あいてるよ。こっち来いよ」

勇人は自分のとなりの席を指差していった。宏樹は勇人を無視《むし》して、本だなに向かう。サッカーのルールブックを手にして、大夢《たいむ》と向き合う形で座《すわ》った。テーブルに置かれた本を見て、

「ヒロくんらしいね」

と大夢がいった。

宏樹の夢《ゆめ》は、プロのサッカー選手になること。それは幼稚園《ようちえん》のころから変わっていない。地元横浜《よこはま》のサッカーチームが主宰《しゅさい》する少年チームで、宏樹は夢をきたえている。したがって、宏樹の読む本は、サッカーに関すること。それ以外にはない。

「声、よかったな」

宏樹がにっこりとした。

「ありがとう」

うなずいて、大夢《たいむ》も笑顔を返した。

「ヒロキが来てくれるとは思わなかったな。おれからも礼をいうよ」

勇人《はやと》はえらそうにいう。

宏樹《ひろき》がユニオンのメンバーになれば、クラスの半分を味方にしたようなものだ。これで助かったと、勇人は思った。汗《あせ》だらけの顔をほころばせた。

「あ、いた、いた」

にぎやかな声をあげて、啓介《けいすけ》が入ってきた。

「ここへ座《すわ》って、本を読んでいればいいんだろ。おれもやるよ」

啓介は、大夢の肩《かた》をたたいていった。勇人は目を細める。まるい顔がますますまるくなって、お月さまのような顔になった。

「いっとくけど、おまえのためじゃないぞ。タイムの正義《せいぎ》の戦いに参加すんだからな」

きつい目で啓介《けいすけ》は勇人《はやと》をにらんだ。

「なんだよ。みんな、冷たいな」

勇人はふくらんだほおを、大きくふくらませる。

「ふざけんな。おまえが今までやったこと、少しは反省しろ。おれを何発もなぐったことも、忘《わす》れたとはいわせないからな」

啓介にどなられ、勇人は肩《かた》を落とす。貸《か》し出《だ》しコーナーにいたおばさんが、人差し指を口に当てて、啓介に注意した。小さく頭をさげて、すみませんと啓介はいった。

しぶしぶという感じで、本を開く。

「なあ、ここで本を読むことに、なんの意味があるの。直接《ちょくせつ》、トオル、呼《よ》び出《だ》したほうが早くねえの」

ぐんと声を落として、啓介がいった。気の短い啓介にとって、静かに読書するなど、苦痛《くつう》でしかない。話している間も、ゆらゆらと足をゆらしている。亨《とおる》ひとりなら、どうとでもできると啓介《けいすけ》は思う。やられた分だけ、きちんと仕返しをしておきたいとも思っている。

「これはタイムくんだけの戦いじゃないし、トオルくんだけの問題でもないわ」

麻美《あさみ》が小さいがよく通る声でいった。

「桜木《さくらぎ》くんは、トオルくんに復讐《ふくしゅう》をしたいだけでしょ。やられたらやり返すって、それはおばかさんのやることよ。なんの解決《かいけつ》にもならないの。だって、いじめているのは、トオルくんだけじゃないもの」

ふだんの麻美からは想像もできない率直《そっちょく》さだった。図星をさされ、しかもおばかさんとまでいわれて、啓介はうろたえた。ますます激《はげ》しく足をゆする。

女子の中で、麻美は目立たない存在《そんざい》だった。口数も少なく、教室で意見を発表することもほとんどなかった。

その麻美が啓介に反論《はんろん》した。しっかりと。強く。うそだろと大夢は思った。（あの子もニンジンや)。優菜《ゆうな》のいったとおりだった。

「それに、いじめがあったとき、声をあげるとか、力で立ち向かうとか、それはだれにでもできることじゃないと思うの。少なくとも、わたしには無理だったわ」

麻美《あさみ》の声には切実さがこもっていた。

弱さをよそおっていたのは、いじめにあっていたからだろうか。いつ、だれに、どんないじめを受けていたのだろう。大夢《たいむ》はクラスの女子の顔を思いうかべてみる。三年間、同じ教室にいたのにと、大夢は思った。まったく気づかなかった自分の鈍感《どんかん》さが恥《は》ずかしかった。

「でも、ここへ来て本を読むこと。それは意志《いし》さえあれば、だれにでもできることよ。自分に言《い》い訳《わけ》ができないことなの」

めがねのおくで麻美の目がきらきらとしていた。麻美の強い意志を映《うつ》し出《だ》しているかのようだった。

「だから、この戦いはだれのためでもないの。自分との戦いなのよ」

麻美《あさみ》は強くいい切った。宏樹《ひろき》は大きくうなずいている。

「そういうことか。おれ、考えるより先に足が動くほうだからさ」

宏樹がいいかけると、

「気がつけばここにいたってわけ、か。ヒロキの、そこが弱いところなんだよな。もう少し頭を使えよ」

勇人《はやと》がまぜっかえした。指で自分の頭をぽんぽんとたたく。

「うるせー。おまえにだけは、ぜってえ、いわれたくねえ」

切り返しながらも、宏樹はそのとおりだとも思った。考えごとをすると、頭の後ろのほうがずきずきと痛《いた》くなる。

「なあ、ユウナ。この作戦の意味を、おれにもわかるように教えてくれるか」

素直《すなお》に宏樹はたずねる。貴重《きちょう》な休み時間を、サッカー以外に費やすのは、もったいないような気もしている。

「おれ、今、スランプでさ、一分一秒でも、ボールからはなれていたくないんだよ。レギュラーを外されるかもしれないと思うと、不安でたまらないんだ。ほかのことにエネルギーを使っている余裕《よゆう》がないっていうか、自分のことで手いっぱいなわけ。ほんというと、トオルのこともハヤトのことも、なんか、どうでもいいって思っている」

それが宏樹《ひろき》の本音だった。それでも、大夢《たいむ》の力にはなりたいと思った。優菜《ゆうな》の誘《さそ》いを断《ことわ》るのも気が引けた。

「おれのことは、どうでもいいのかよ」

ひどい、あんまりだと勇人《はやと》は嘆《なげ》く。両手で顔をおおった。

「意味はあるかもしれないし、ないかもしれない」

テーブルにほおづえをついて、優菜は宏樹の問いに答えた。ほとんどのクラスメートの本音は、宏樹と同じなのではないだろうか。自分の今を、安全に保《たも》つことでせいいっぱいで、ほかの人のことなど、思う余裕《よゆう》はないのだろう。責める気はないが、それではいけないとも思う。

「気づきを待つの。ひとりひとりの。クラスのみんなが、何が問題なんか、自分がどうしたらいいんか、考え合いたいねん。だれかにいわれたからじゃなく、自分の中から気づかないと、何も変わらない気がするの」

優菜《ゆうな》はいって、宏樹《ひろき》の反応《はんのう》をうかがう。

「あのさ、トオルを問いつめたら、いじめはなくなるのかな」

大夢《たいむ》が問いかける。宏樹から啓介《けいすけ》、そして勇人《はやと》へと視線《しせん》を移《うつ》していく。

「もぐらたたきみたいに、次から次へと頭を出してくるんじゃないのかな。ちゃんと考えとかないと、ぼくだって、いつ、いじめをする側になるかわからないよ。ひどいいじめをして、相手を傷《きず》つけて、ものすごく後悔《こうかい》することになるかもしれない」

「タイムはだいじょうぶだよ。ぜったい、そっちの側には行かないよ」

宏樹《ひろき》がちらりと勇人《はやと》を見ていった。大夢《たいむ》は首を左右にふる。

「それは、わからないよ。だからさ、ひとつひとつの場面を大事にしていきたいんだ。自分がどういう場所にいたいのか、強い意志《いし》をあらわしていきたいんだ」

毎日の食事が、自分の体をつくっていくように、意志もまた自分の精神をつくっていくのではないかと大夢は思う。

「めんどうなことだけど、ユウナがいうみたいに、自分たちの場所なんだからさ、少しは考えないといけないんじゃないのかな。ヒロくんのいる場所は、グラウンドだけじゃないよ。教室も同じくらいに大事にしてほしいな」

歴史物語に登場する古代の勇者は、意志を貫《つらぬ》くために命さえ賭《か》けていた。大夢には、まだよくはわからないけれど、それほど大切なものなのだと感じている。

ふんふんとうなずきながら聞いていた啓介《けいすけ》が、

「おまえ、ひさしぶりにしゃべったくせに、すごいな」

少し悔《くや》しそうにいった。

「強い意志《いし》をあらわすことか。そうなのかもなあ」

宏樹《ひろき》はつぶやく。いすに背中《せなか》を預《あず》けて、長い足をのばした。

「けど、そんなんで、トオルに通じるのかな」

勇人《はやと》は不安気な声をあげた。

「それはわからない」

優菜《ゆうな》が答える。

「やってみなければ、何も変わらないってことだよな。よし、やろうぜ。なんか、だんだん、頭が冴《さ》えてきたぞ」

パッと宏樹は姿勢《しせい》を正す。

「みんなと話しているとさ、なんか頭の皮が一枚《まい》、また一枚とはがれていくような気がしてくるよ。これが考え合うってことか」

きりりとした顔で宏樹《ひろき》がいった。いい感じに宏樹は燃《も》えてきた。

「おれもやる。しっかりと考える訓練をしとかないとな。なんか、ふらふらとそっち側に行きそうで、やばい気がする」

啓介《けいすけ》が勇人《はやと》を指差して笑った。

「もう、それがいじめになってるんだぞ。それに、おれはそっち側じゃなくて、こっち側なんだからな。これ以上、いじめんな」

勇人は涙《なみだ》ぐんでいる。大夢《たいむ》の背中《せなか》に顔をかくして、涙をふいていた。

「わたしも参加します。いつか戦いたいと思っていたの。自分が変われるような、そんな戦いをしたかったの」

麻美《あさみ》は顔をくしゃっとさせて笑った。教室での暗い印象とはまるでちがう、愛らしい顔になった。

「これで決まったね。ユニオンの名前はどうしようか」

みんなの顔を見渡《みわた》して、優菜《ゆうな》がきく。

「それは当然、ハヤブサでしょ」

大夢《たいむ》のデザインしたフラッグを、ユニオンの旗印にしようと啓介《けいすけ》が提案《ていあん》する。

「異議《いぎ》なし」

宏樹《ひろき》と麻美《あさみ》と勇人《はやと》が声をそろえた。

「よかったね。ハヤブサも喜んでいるね」

優菜がうれしそうにほほえんで、大夢の肩《かた》をたたいた。

——なべの煮《に》える音がする。

大夢はじっと、耳をすます。五年一組のなべが煮え始める音。みんなの心の中から、くつくつという音が聞こえてくる。

優菜の味、麻美の味。宏樹と啓介と勇人も、自分の味を出してきた。もっと、たくさんのいろんな味が加わったら、どんなおいしい料理に仕上がるだろうか。大夢は、なんだかわくわくしてきた。

学校からの帰り道がこわい——。

勇人《はやと》に手を合わせてたのまれて、大夢《たいむ》と優菜《ゆうな》は家まで送っていくことにした。学校の正門の横で、亨《とおる》とその軍団《ぐんだん》は待ちかまえていた。正門の通りには、ボランティアのおじさんたちがいて、交通指導《しどう》をしていた。さすがにここでは、手を出さない。勇人がひとりになるのを待つ作戦に切《き》り替《か》えたらしい。三人の後を、軍団はピタリとついてきていた。

「どうしよう。おっかねえよ」

勇人は後ろをふりかえりながら、顔をひきつらせた。なるべくにぎやかな道を選んで、歩いていくことにする。

私鉄電車の線路を渡《わた》り終《お》えると、道は左右に分かれた。勇人の家には、どちらからでも行ける。

「どっちの道を行こか」

優菜《ゆうな》が勇人《はやと》に声をかける。勇人は今にも泣きそうだ。

「トイレ、行きてえよ」

大夢《たいむ》の耳元に、勇人がささやく。がまんしろよと、大夢も小さな声で返す。

「こっちやで、早く」

先導《せんどう》する優菜《ゆうな》の声も緊張《きんちょう》していた。勇人は走るのが苦手だ。走ったとしても、すぐに追いつかれるだろう。

「ハヤト、もっと急ごう」

大夢がうながす。勇人の足音がパタパタとやけに大きくひびく。しばらく行くと、建築中《けんちくちゅう》の家が数軒並《すうけんなら》んでいた。ぷっつりと人通りが途切《とぎ》れてしまった。

「今だ、行け。ぶっ殺せ」

亨《とおる》が軍団《ぐんだん》に命じている。おし殺した不気味な声だった。

「もうだめだ」

勇人《はやと》はおじけづいて、一歩も歩けなくなった。

「あんた、さっきの元気はどうしたん。トオルなんて敵《てき》じゃないって、息巻《いきま》いていたやろ。しっかりしいや」

優菜《ゆうな》が勇人の背中《せなか》をおした。おしても引いても、勇人は故障《こしょう》したダンプカーみたいに、動かなくなった。三人は、ぐるりと取り囲まれてしまった。

「来いっていったろ。てめえ、さからうんじゃねえ」

亨はいって、勇人の足にケリを入れた。うなだれた勇人の顔面を、目にもとまらぬ速さでなぐった。バシッといやな音がした。えんりょなしの攻撃《こうげき》をくりだす。圧倒的《あっとうてき》な悪意を前にして、大夢《たいむ》も優菜も呆然《ぼうぜん》としていた。

「ほおら、来いよ。まだたっぷりと話があるんだよ」

軍団《ぐんだん》のひとりが勇人《はやと》の腕《うで》を取った。

「やめてください。お願いします、助けてください」

勇人は泣きさけぶ。優菜《ゆうな》が大きく息を吸《す》った。

「やめときって。いやがっているやろ」

勇人の前に、優菜が飛び出した。大夢《たいむ》もだまってはいられない。

「そうだ。やめろよ」

何があっても、優菜だけは逃《に》がしたいと思った。亨《とおる》に体当たりをしようと身構《みがま》えた。

「このやろう、まとめてぶっ殺してやる」

亨は顔を真っ赤にしてさけんだ。腕《うで》をふりあげて、亨が大夢をなぐろうとしたとき
だった。通りかかった自転車が、急ブレーキをかけて止まった。

「よう、タイムくんじゃないか」

声をかけてくれたのは、市民農園で浅野《あさの》さんといっしょに野菜を作っているおじさ

んだった。あのときと同じ、横浜《よこはま》ベイスターズの青い野球帽《やきゅうぼう》をかぶっている。

「ちょうどいいところで出会ったな。タイムくんに用事があったんだよ。そっちは、もういいのかい」

おじさんの声は、かみなりがとどろくようだった。道路のはしまで、よくひびく。亨《とおる》の顔を見すえるまなざしは、うそなど見破《みやぶ》られてしまう厳《きび》しさだった。

「はい、もういいです」

さすがに相手が悪いと思ったのだろう。亨は態度《たいど》をころりと変えた。

「じゃあな、またあした遊ぼうな」

亨は猫《ねこ》なで声《ごえ》でいった。

大夢《たいむ》と優菜《ゆうな》は思わず顔を見合わせ、同時に肩《かた》をすくめた。軍団《ぐんだん》に守られて、亨はすごすごと帰っていった。

「ありがとう、おじさん。危機《きき》一髪《いっぱつ》だったよ」

大夢《たいむ》はほっと胸《むね》をなでおろした。勇人《はやと》は地面に座《すわ》りこんでしまった。

「あんたらも大変だな」

おじさんは同情《どうじょう》するようにいった。

「けど、タイムくん、女の子をかばおうとするなんて、なかなかいいところがあるじゃないか。見直したぞ」

白くて太い眉《まゆ》をあげて、おじさんが笑った。大夢は照れ笑いをする。

「ま、三人いりゃ、だいじょうぶだな。知恵《ちえ》出して乗り切っていけよ」

おじさんは帽子《ぼうし》を取った。お気に入りらしく、なでるようにしてかぶり直した。

「うん、そうする。みんなでがんばるよ」

大夢が答えると、

「そうかそうか。また畑に遊びにおいで。香奈子《かなこ》先生によろしくな」

おじさんは安心したようにいった。自転車に乗って、亨《とおる》たちの立ち去った道を追いかけるように走っていった。

さよならと手をふりながら、大夢《たいむ》と優菜《ゆうな》はおじさんを見送った。勇人《はやと》はまだ立ち上がれないでいる。

「あんた、いったい何者なん」

優菜は不思議そうにいった。大きく見開いた目で、大夢の足元から頭までをしげしげとながめている。

「なんで、おじさんの友だちがたくさん、おるん」

首をかしげて大夢にきく。

「ま、いろいろと出会いがあって」

大夢は口ごもる。香奈子《かなこ》とのかかわりを、簡単《かんたん》に説明するのはむずかしい。

「教室で友だちをつくらないで、畑でおじさんの友だちをつくっている小学生なんて、わたし、初めて見たわ」

優菜《ゆうな》は笑い出した。声をあげて笑い続ける。つられて大夢《たいむ》と勇人《はやと》も笑った。

「タイムって、ほんと変わってんな。めちゃくちゃな子や」

優菜はおなかをかかえている。ひいひいと苦しそうに笑う。そして、声をあげて泣きだした。優菜もこわかったんだと、大夢は思った。

――当然だよな。ぼくだって、すごくこわかったんだから。

大夢はにぎっていたこぶしを、ゆっくりと開いた。全身のこわばりがとけていく。

大夢の目にも、涙《なみだ》があふれてきた。

第五章　沈黙《ちんもく》の謎《なぞ》

1

雨宮《あまみや》家の庭にあるカキの木に、今年もたくさんの実がなった。

洗濯物《せんたくもの》を取りこみながら、香奈子《かなこ》はカキを使った料理のレシピを考えてみる。今週の大夢《たいむ》の料理教室に、その一品を加えてみたいと思った。和《あ》え物《もの》かサラダ。ゼリー寄《よ》せ。それから……などと、ぼんやりと考えていると、インタフォンが鳴った。香奈子はあわてて、玄関《げんかん》に走った。

大夢のお父さんが立っていた。香奈子を訪《たず》ねてきたという。会社からの帰りなのか、きちんとスーツを着ていた。

「突然《とつぜん》、すみません」

お父さんは申《もう》し訳《わけ》なさそうに、何度も香奈子《かなこ》にあやまった。

「かまいませんよ。わたし、時間はたくさん持っているんです」

香奈子はにっこりとした。リビングへ案内しながら、香奈子は大夢《たいむ》との不思議な出会いを話す。

「ほら、あそこにタイムくんがいたんですよ」

庭のひとすみを指さして、香奈子がいった。ハギの花だまりから、大夢が飛び出してきたときの様子を、香奈子はなつかしく思い出す。

「すっかりお世話をおかけしまして」

お父さんは、ていねいに頭をさげた。背《せ》が高いところも優《やさ》しそうな顔立ちも、大夢によく似《に》ている。お父さんは、ソファにゆっくりと腰《こし》をおろした。

「タイムくんとおしゃべりしながら、お料理を作る時間を、わたしも楽しんでいますから」

入れたてのコーヒーをすすめて、香奈子《かなこ》がいった。

「父も体調をくずしていたのですが、タイムくんが来るようになって、少しずつ元気になってきました。タイムくんのおかげです」

お父さんは、えっとおどろいた顔をした。太い眉《まゆ》を寄《よ》せて、香奈子の顔を見つめた。

「雨宮《あまみや》先生、ご病気なんですか」

心配そうにたずねた。香奈子は小さく首をかしげて、

「どこが悪いということではないんです。母を亡《な》くしたショックから、なかなか立ち直れなくて。それより父のことをごぞんじなんですか」

といった。お父さんは飲みかけたコーヒーを、そのままソーサーにもどした。両手をひざに置いて、あらたまった姿勢《しせい》になった。

「ぼくは森河慎吾《もりかわしんご》といいます。大学のゼミで、雨宮先生のご指導《しどう》を受けていました。ここのお宅《たく》へも、二度ほど、うかがったことがあります。正月にゼミ仲間といっしょ

にうかがって、ごちそうになりました」

香奈子《かなこ》は、大きく目を見開いて、慎吾《しんご》の顔を見つめ直した。

「そのとき、ぼくは情《なさ》けないことに酔《よ》いつぶれて、たおれてしまったんです」

「思い出しました。かぜで熱もあったんですよね。向こうの和室にお布団《ふとん》をしいて」

「そう、そうです。奥《おく》さまと香奈子さんに、優《やさ》しく看病《かんびょう》していただきました」

「まあ、なんて不思議なご縁《えん》かしら」

香奈子は慎吾と顔を見合わせて笑った。打《う》ち解《と》けて大夢《たいむ》のことを話せるかもしれないと思った。

「思いがけずにタイムのことでお手紙をいただいて、おどろきました。ご迷惑《めいわく》をおかけすることになると、ずいぶん迷《まよ》ったのですが、雨宮《あまみや》先生と香奈子さんに見てていただくなら、安心だとも思いました」

「あら、そうなんですか。わたしの書いた手紙が、森河さんの信頼《しんらい》を得たとばかり思っていました。うぬぼれていたというわけですね」

皮肉交じりに香奈子《かなこ》がいうと、慎吾《しんご》はふっと笑った。

「手紙だけで子どもを預《あず》けられるほど、世の中は甘《あま》くないですよ。簡単《かんたん》に人を信じたら、痛《いた》い目にあうだけです」

悲しいことをいう人だと、香奈子は思った。大夢《たいむ》のさびしさを、手のひらにのせたような気がした。

「どうして、最初にいってくれなかったんですか」

香奈子がいった。

「恥《は》ずかしかったんです。あいつが、あんなだから」

慎吾は下を向いて苦笑した。

「あんなって?」

「変わった子ですから」

苦笑を消さずに、慎吾《しんご》がいった。香奈子《かなこ》は自分の耳を疑《うたが》った。

「タイムくんが恥《は》ずかしいんですか」

確認《かくにん》するように聞きなおした。慎吾は首を上下にふってうなずく。

「そんなことないですよ。タイムくんは昆布《こんぶ》みたいな子です、ニンジンみたいな子です。かくし味を、たくさん持った子ですよ」

大夢《たいむ》のよさをどんな言葉で表現したら、慎吾に伝わるのだろうか。自分の子を恥ずかしいという父親の目を覚ますには、どうしたらいいのだろうと香奈子は思いをめぐらす。

「タイムくんの味がわからないのは残念ですね。なんていうか、味覚オンチていうか、人の味を知らないっていうか、それでも親っていうか」

香奈子の感情《かんじょう》は高まっていく。怒《いか》りがこみあげてくる。それでも香奈子は、慎吾を責めるたくさんの言葉をのみこむことにした。

（ぼくね、お父さんの笑顔に、もう一度、会いたいんだ）

大夢《たいむ》の声が、香奈子《かなこ》の耳に残っている。

（お父さんは大好きだよ）

大夢のさけびがひびく。慎吾《しんご》を怒《おこ》らせたら、大夢が悲しい思いをする。慎吾の笑顔が、ますます大夢から遠くなるだろう。

香奈子はくちびるをかんだ。

「ごめんなさい。いいすぎましたわ。でも、タイムくんのよさをわかっていただきたくて、つい」

香奈子はコーヒーを口にした。すっかり冷めて、苦いだけになっていた。熱いコーヒーを入れなおそうと、香奈子は立ち上がりかけた。

「だまされているんですよ。そう思いませんか」

慎吾は香奈子を見上げる。その目には、涙《なみだ》がうっすらとうかんでいた。香奈子は座《すわ》りなおして、慎吾《しんご》と向き合った。

「ぼくは、あいつが、なんかこわくてたまらないんです」

新聞やテレビで少年の手による殺人事件《じけん》などが報道《ほうどう》されるたびに、慎吾は縮《ちぢ》み上《あ》がるという。いつか大夢《たいむ》もああなるのではないかと、不安にかられるのだそうだ。

「わたしには子どもがいないからわからないけれど、親はみんな、あなたのように子どもをこわがるものなのかしら」

犯罪《はんざい》をおかす可能性《かのうせい》はだれにでもあると、香奈子《かなこ》は思う。それでも信じるのが、身近にいる大人の役目なのではないかとも思う。

「妻《つま》がいたら、またちがったのかもしれません」

慎吾は深いため息をつく。自動車メーカーに勤《つと》めている慎吾の仕事は、海外への出張《しゅっちょう》が多かった。大夢の誕生《たんじょう》の知らせも、出張先で受け取った。大夢の成長に、慎吾はあまり関われずに過《す》ごしてきた。

「妻《つま》が亡《な》くなって、正直、途方《とほう》にくれました。何もかも、妻にたよりきっていましたから、タイムのことも、家のことも、どうしていいのかわかりませんでした」

慎吾《しんご》の首は、次第に深くうなだれていく。

「奥《おく》さまのこと、ほんとうにお気の毒でしたね」

香奈子《かなこ》はなぐさめの言葉をかける。慎吾は顔をあげた。

「妻が生きていれば、あいつのことも気づかずにすんだんですよ」

香奈子を見る慎吾の目は、赤く充血《じゅうけつ》している。

「妻が死んだとき、親戚《しんせき》の集まっている場で、あいつ、なんていったと思いますか。かわいそうに、さびしいよねって、なぐさめてくれたおばさんに、あいつ……」

慎吾はこぶしをにぎりしめた。その後の言葉は重すぎて、慎吾は口にすることができなかった。

こわい子だねとおばさんはいった。親戚の人たちの慎吾と大夢を見る視線《しせん》が、一気に冷たくなった。あの凍《こお》るような視線《しせん》が、慎吾《しんご》は忘《わす》れられなかった。また同じような視線を、香奈子《かなこ》から浴びることになるのだろうか。そう思うと、なおのこと、言葉の重さはましていった。

「タイムくんはなんていったんですか」

香奈子がきいても、慎吾は頭を左右にふって答えようとしなかった。

(病気がね、どんどん重くなって。最後はおなかがこんなにふくらんで。痛《いた》そうだった。お母さん、すごくかわいそうだった)

香奈子の心のおくで、大夢《たいむ》がささやく。

「お母さん、死んでよかった。そうタイムくんはいったんですね」

大夢なら、きっと、そういうだろうと香奈子は思った。慎吾は顔をあげて、大きく目を見開いた。

「あいつから聞いたんですか。一度というなといったのに。だから、声を出すなといったんですよ。お恥《は》ずかしい話です」

がっくりと慎吾《しんご》は肩《かた》を落とした。大夢《たいむ》が声を出さなくなった理由を、香奈子《かなこ》は初めて知った。窓《まど》から強い風が入ってきて、カーテンを大きくゆらした。

「どうしようもないお父さんで、どうしようもないおばさんたちですね」

香奈子はさびしくなった。

大好きなお母さんを亡《な》くした悲しみを、子どもがどんな言葉にできるというのだろう。今まで出会ったいちばん悲しい出来事に、どんな感想を求めようというのだろう。子どもの思いを感じ取れないお父さんとおばさんたち。大夢のさびしさを思うと、香奈子は胸《むね》が痛《いた》くなった。

「タイムくんは、とても優《やさ》しい子です。自分のことよりも、お母さんのことが心配で心配でたまらなかったんですよ。痛くて苦しくて。それでも、お母さんはタイムくんに笑顔を見せたそうです。自分のために、お母さんは無理しているって。がんばれないほどつらいのに、がんばるお母さんが、かわいそうだったといっていました」

料理の合間に話してくれた大夢《たいむ》の思いを、香奈子《かなこ》は包みかくさず話そうと思った。

慎吾《しんご》は息をつぐのも忘《わす》れたように、じっと聞き入っていた。

「もういいから、お母さん、死んでいいよって……。そういえる子どものどこがこわいんでしょうか。どこが恥《は》ずかしいのでしょうか」

香奈子は声をつまらせた。ほおを涙《なみだ》がすべり落ちる。

ドアの外で聞いていたのだろう。和也《かずや》がぐずぐずと洟《はな》をすすりながら、リビングに入ってきた。

慎吾は立ち上がり、頭をさげた。

「ほんとうに申《もう》し訳《わけ》ありません」

慎吾がいった。

「いや、いいんだ」

慎吾《しんご》に座《すわ》るようにいい、和也《かずや》は香奈子《かなこ》のとなりに腰《こし》を下ろした。

「きみは、タイムくんの愛読書を知っているかね」

「いいえ」

「そうか。それは残念だな」

和也がいった。鼻までずらした老眼鏡《ろうがんきょう》の上から、じろりと慎吾をにらんだ。学生時代にもどったように、慎吾はかしこまった。

「こわい相手なら、なぜもっと相手を知ろうとしないんだね。悪さをしそうだと、おびえるのなら、なぜ愛をそそごうとしないのかね」

慎吾は一言も返す言葉がなかった。

香奈子が熱いコーヒーを入れてきた。三人はだまって、コーヒーを飲む。庭のほうから、小鳥のさえずりが聞こえてきた。

「あの鳴き声はヒヨドリかな」

和也《かずや》は立ち上がり、窓《まど》を開けた。首をのばして、小鳥の姿《すがた》を探《さが》した。

「森河《もりかわ》くん」

「はい」

「わたしはタイムくんが大好きだよ。心の強い子だ、安心していい」

外に視線《しせん》を向けながら、和也はいった。

「それより、きみもたまには児童書を読みなさい。タイムくんと感想を語り合うのは、なかなかおもしろいぞ」

はいと、慎吾《しんご》は大きくうなずいた。庭の木立に止まっていた小鳥が、ぱたぱたと羽音を立てて飛び立った。

「ほう、やっぱりヒヨドリだったか」

うれしそうに和也がいった。

香奈子《かなこ》は門のところまで、慎吾《しんご》を見送りに出た。大事な忘《わす》れ物《もの》をしたかのように、慎吾はあわてて、香奈子をふりかえっていった。

「覚えていますか。ぼくがたおれたとき、香奈子さんが雑炊《ぞうすい》を作ってくれたんですよ。そのおいしかったことといったら、なかったです」

遠くを見るように、慎吾は目をやわらかく細める。

「お世辞《せじ》でもうれしいわ。ありがとう」

かすかな記憶《きおく》が香奈子にも残っていた。

「この間、疲《つか》れて食欲《しょくよく》がなかったとき、タイムがその雑炊を作ってくれたんです」

大夢《たいむ》の前で食べるのがてれくさくて、さっさと学校へ行け、と追い出したのだという。大夢が登校した後に、ゆっくりと雑炊を味わったと慎吾はいった。

「うまかったです。うますぎて涙《なみだ》が出ました」

「素直《すなお》じゃないんですね」

香奈子《かなこ》は笑った。てれたように、慎吾《しんご》は頭をかいて笑う。

「いろいろとお話ができて、ほんとうにすっきりしました」

慎吾のさわやかな笑顔を見て、香奈子はふと鶏肉《とりにく》のスープ、フォン・ド・ボライユを思った。煮立《にた》つスープに、うき上がるアク。ていねいにすくいとってこそ、スープは透《す》き通《とお》り、旨味《うまみ》がます。

慎吾の心の中のなべが、煮立《にた》ち始《はじ》めていることを香奈子は感じた。うき上がるアクを、だれかにすくいとってほしかったのだろう。その手を求めて、和也《かずや》と香奈子を訪《たず》ねてきたのだろうと。

それならば、今がスパイスを入れる頃合《ころあ》いかもしれないと香奈子は思った。

「ねえ、森河《もりかわ》さん。タイムくんには、ものすごうく、会いたい人がいるんですよ。だれなのか教えてあげましょうか」

「へえ、タイムにそんな人がいるんですか。だれだろうな、スポーツ選手か好きなタレントさんとか」

慎吾《しんご》は腕組《うでぐ》みをして、まじめな顔で考えている。ふふと笑って、香奈子《かなこ》は首を左右にふる。わからないなあという慎吾に、

「それはね、笑顔のお父さん」

と香奈子が答えた。不意をつかれ、慎吾はあふれる涙を止める間もなかった。

「森河《もりかわ》さん、わたしたちもユニオンをつくりましょうよ」

慎吾が落ち着くのを待って、香奈子がいった。

「ユニオン、ですか」

けげんな表情の慎吾に、香奈子は大夢《たいむ》の話をする。

ハヤブサの旗をデザインしたこと。クラスメートといっしょに、互《たが》いに支《ささ》え合《あ》うためのユニオンをつくったこと。

「仕事がいそがしいときや病気になったときは、えんりょなく、いってくださいな。

いつでも、タイムくんをお預《あず》かりしますよ」

近くにたよる人もなく、ひとりで子どもを育てるのは、心細いことだろう。それなら、互《たが》いに支《ささ》え合《あ》えばいい。たより合えばいいと香奈子《かなこ》は思った。

「なんか、すごく気持ちが軽くなりました。ユニオンですか、いいですね。ありがとうございます。なんてお礼をいったらいいのか」

慎吾《しんご》は、ほっとしたようだった。

「あら、うちも親ひとり、子ひとりなんですよ。わたしのほうが、お世話になるかもしれませんよ。何しろ、ユニオンですからね。お互いさまですからね」

にっこりと笑って、香奈子はいった。慎吾はますますほっとしたように、すっきりとした笑顔を見せた。

2

ぴかぴかきらきらと朝の光がおどっていた。

クスノキの下で、優菜《ゆうな》は大夢《たいむ》を待っていた。石段《いしだん》のいちばん上の段に座《すわ》って、優菜は夢中《むちゅう》になって、本を読んでいる。

読み終わったという大夢から借りたアンナマリーの短編集《たんぺんしゅう》。

ベルリンで生まれた少年の話。ヒトラー政権下《せいけんか》のドイツで、両親を殺され、迫害《はくがい》を受けながら、孤独《こどく》な逃亡《とうぼう》の旅を続けるユダヤ人の少年は、そのとき十一歳《さい》。優菜や大夢と同じ年だった。

「おはよう」

息をはずませて、大夢《たいむ》が石段《いしだん》を上ってきた。

「おはよう」

優菜《ゆうな》がにっこりとした。

「いい天気だね」

大夢は空をあおぐ。ひさしぶりに青空を見たような気がした。先週の運動会からずっと、雨が降《ふ》ったりやんだりと、ぐずついたお天気が続いていた。

「運動会もこれぐらい晴れたらよかったのにね」

優菜は鼻の付け根にしわを寄《よ》せていう。

「せっかく準備《じゅんび》したのに、がっくりだよな」

大夢は雨で中止になった運動会を思い出す。

ハヤブサの旗を用意して、はりきって迎《むか》えたその日の空は、くもりのち小雨。騎馬《きば》戦《せん》の最大の山場には、かみなりと激《はげ》しい雨となった。そのまま、雨は降り続き、結局、運動会は流れてしまった。

「うちのママが小学生のときも、騎馬戦《きばせん》があったんやって。なんかロマンスが生まれたらしくて、めちゃくちゃ、なつかしがってたよ」

「そうか、ユウナのお母さんは、卒業生なのか。じゃあ、ぼくらの先輩《せんぱい》なんだね」

「うん、時々いばってる」

優菜《ゆうな》は笑った。

「騎馬戦、ママにもおばあちゃんにも見せてあげたかったな」

優菜は残念でならなかった。このごろ、ママはよく泣いている。おばあちゃんの病気が、予想以上に悪くなっているからだ。ママが笑顔になれる機会を、ひとつなくしてしまったようでさびしかった。

「どうかした?」

心配そうに大夢《たいむ》がきく。

なんでもないと、優菜《ゆうな》は首を左右にふった。

境内《けいだい》にはクスノキのほかにも、サクラやイチョウの大木があった。風が流れるたびに、赤や黄色の葉が、ひらひらと舞《ま》い落《お》ちている。

「ユニオンの参加者がふえてきたね」

明るい声で優菜がいった。

「トオルもおとなしくなったし、教室のふんいきがすごく変わってきたよ」

よかったねと大夢《たいむ》はほほえむ。

ユニオンは、週一回のロング昼休みに、図書室で本を読むことにしている。回数を重ねるごとに、参加者はふえていき、図書室の大きなテーブルにも座《すわ》りきれなくなった。互《たが》いの読んだ本を交換《こうかん》したり、感想を述《の》べ合《あ》ったり。孤独《こどく》な旅では得られない楽しさを、大夢は味わっていた。

「あんまり、みんなと仲よくなったら、わたし、京都《きょうと》へ帰りにくくなるなあ」

涙《なみだ》があふれそうだった。優菜《ゆうな》はあわてて空を見上げる。

秋の空は、どこまでも青く高い。

「えっ、なんで。ずっと、横浜《よこはま》にいるんじゃないのか」

大夢《たいむ》の心臓《しんぞう》が飛び上がった。優菜がいなくなるなんて、そんなことは、ぜったい考えたくもない。

「タイムにだけは、ほんまのこと、いわな」

自分ひとりの胸《むね》におさめておくのが苦しくなった。大夢なら、受け止めてくれるだろうと優菜は思った。

「わたしが京都《きょうと》から横浜へ転校した理由はね、おばあちゃんにあるの」

横浜でおばさんとくらしていたおばあちゃんが、病気になった。悪性《あくせい》のがんに侵《おか》され、手術《しゅじゅつ》をしても取《と》り除《のぞ》くことはむずかしい状態《じょうたい》だった。数か月の命と知って、おばあちゃんは、自宅《じたく》で好きな絵をかきながら、最期《さいご》を迎《むか》えたいと望んだ。

「わたし、おばあちゃんが大好きねん。だから、パパとママにたのんだの。おばあちゃんのそばにいさしてって」

おばあちゃんは優菜《ゆうな》の親友でもあった。なんでも相談してきたし、そのたびに的確《てきかく》なアドバイスをしてくれた。もっといろんなことを、おばあちゃんと話したかった。おばあちゃんの思いを知っておきたかった。

「そしたら、パパがいいよっていってくれてん。おばあちゃんから、たくさん学んでおいでって」

優菜は京都《きょうと》の私立小学校へ行っていた。転校せずにいれば、中学も高校も大学も、そのまま進めただろう。休みのときに来てくれればいいからと、おばあちゃんも反対した。それでも、優菜の決意は固かった。

「それなら、わたしも行くって、ママもついてきちゃってん。子どもみたいやろ。パパはあわてたけど、ママには、めっちゃ弱いからね」

くったくのない優菜《ゆうな》の笑みには、温かな家庭の様子が映《うつ》っている。その温かさを感じたくて、大夢《たいむ》は優菜の笑顔をじっと見つめていた。

「おばあちゃんが生きていてくれる分だけ、わたしはタイムやみんなと、いっしょにいられる。おばあちゃんの病気を治す薬が、あしたにでもできたらいいのにな」

ふうと優菜はため息をつく。背中《せなか》をまるめて、ひざがしらに顔をうずめた。

大切な人を亡《な》くすかもしれない不安と、さびしさ。その深さを、大夢はよく知っている。

「卒業式、おばあちゃんに見てもらえたらいいのにな」

大夢は優菜のさびしさを、一日でも遠くへ放り投げたいと思った。

「それは奇跡《きせき》でも起こらないかぎり、無理やと思う」

優菜は、もうあきらめている。けさのおばあちゃんは、見ていられないくらい、つらそうだった。

ぱらぱらと木々の葉を落として、風がゆるやかに流れていく。優菜《ゆうな》は、足元に落ちた赤い葉を一枚《まい》、手に取った。

「タイムに聞かれたことがあったよね。わたしがクラスのことに必死になるのはどうしてなのかって」

「うん、自由を守るためだろ」

大夢《たいむ》の言い方が、あまりにもまっすぐなので、優菜はおかしくなった。くすくすと笑う。

「それは頭の中の理由ねん」

笑いを止めて、優菜がいった。いつものように、しっかりと大夢を見つめる。

「わたしを必死にさせたのは、心の中の理由ねん。おばあちゃんにうそをつきたくなかったこと。それから、わたしはこんなふうに生きていくという姿勢《しせい》を、おばあちゃんに見せておきたかったということ」

学校は楽しいのか、いじめにあってはいないか。自分のせいで悲しい思いをしているのではないか。おばあちゃんは自分の病気のことよりも、優菜《ゆうな》のことばかり、心配していた。

「楽しいクラスやで。いじめなんて、ぜんぜん、ないよ。友だちもたくさんできた。みんな、すごく優《やさ》しい子たちやで」

聞かれるたびに、優菜はうそをついていた。

「そうだっけ。そんなクラスだったたっけ」

大夢《たいむ》は思わず笑った。

「だって、ほんとうのことをいったら、おばあちゃんに京都《きょうと》へ追い返されてしまいそうやったんやもん」

優菜のうそを、おばあちゃんは笑顔で受け入れてくれた。うそのおくにある優菜の思いを信じてくれた。

「タイムには、すごい感謝《かんしゃ》してるで。わたしのうそを、ほんとにしてくれたんやもん」

大夢《たいむ》を見つめる優菜《ゆうな》の瞳《ひとみ》は、空と同じぐらいにすみきっていた。

「ぼくがしたわけじゃないよ。ユウナの意志《いし》の力が、クラスの現実《げんじつ》を変えていったんだよ。お礼をいいたいのは、ぼくのほうさ」

優菜が腕《うで》を引《ひ》っ張《ぱ》って、大夢をここまで連れてきてくれた。あの朝がなければ、大夢は、まだたったひとり、荒野《こうや》を旅していただろう。

「いっけない。時間だよ。また浅野《あさの》さんにしかられるぅ」

優菜は立ち上がり、お先にといって石段《いしだん》をおりていった。後《おく》れを取った大夢は、あわてて優菜のあとを追う。

ふたりの背中《せなか》に、秋の日差しがきらきらとあたってははじけた。

3

かぜをひいてしまったと岩永《いわなが》先生がいった。マスクをして、熱っぽい顔をしていた。

「たのむから、きょうは静かにしてくれよな」

かすれた声でいった。

けれど、先生のその願いはかなわなかった。

五校時の社会の時間だった。グループごとに机《つくえ》を寄《よ》せて、調べ学習をしていた。岩永先生は、ぼんやりと窓《まど》の外を見ていた。

いきなり、がしゃんと大きな音がした。

机といすがたおれて、女子の悲鳴があがった。

「許《ゆる》さねえ。だれがなんといっても、許さねえからな」

勇人《はやと》のほえるような声がひびいた。たおれた机《つくえ》の下で、亨《とおる》が足をばたつかせていた。

「ぶっ殺す、おまえなんか、ぶっ殺す」

勇人はさけびながら、亨の上に馬乗りになった。

「助けて！　殺される」

亨は苦しそうにあえいでいる。宏樹《ひろき》がかけよる。啓介《けいすけ》と大夢《たいむ》もかけよって、勇人の腕《うで》をなんとかおさえようとした。

「ハヤト、はなせよ」

爆発状態《ばくはつじょうたい》の勇人の力は、すごかった。三人束になっても、引きはなすこともできない。

「大田《おおた》、やめろ！」

マスクをちぎるようにして取り、岩永《いわなが》先生も勇人の引きはなしに加わった。

「ハヤト、やめよう。こんなことをしても、なんにもならへんよ。わたしたちがついているやん。ちがう方法で戦おうよ」

優菜《ゆうな》は泣きそうな声で、勇人《はやと》を説得した。ようやく勇人は腕《うで》をはなした。立ち上がろうとする勇人を見上げて、亨《とおる》がにやりと笑った。思いっきり、勇人の股間《こかん》をけりあげた。

「うう、このやろう」

うめき声をあげて、勇人はその場にたおれこんでしまった。

優菜と大夢《たいむ》が、たおれたまま泣いている勇人を助け起こした。勇人の顔は、涙でくしゃくしゃだった。

「トオル、てめえ」

今度は、啓介《けいすけ》がなぐりかかろうとした。

「やめなさいっていっているだろ。みんな、席に着け」

岩永《いわなが》先生が啓介《けいすけ》の腕《うで》をつかんだ。教室中が大騒《おおさわ》ぎになった。

「ずいぶん、にぎやかですね」

騒ぎを聞きつけて、となりのクラスの峰孝子《みねたかこ》先生が顔をのぞかせた。

「いや、だいじょうぶですから」

岩永先生がいった。

「なんか、さけび声がしましたよ」

そのとなりの教室から、最上《もがみ》先生も様子を見に来た。

「ちょっと、意見の相違《そうい》があったみたいです。ほんとうに、だいじょうぶですから」

岩永先生はなんとか取りつくろおうとする。

問題が大きくなれば、亨《とおる》も勇人《はやと》も傷《きず》ついてしまう。話し合いで解決《かいけつ》させたいと思っていた。

「助けてください。ぼくは殺されます」

いきなり、亨《とおる》が泣き出した。峰《みね》先生と最上《もがみ》先生は顔を見合わせた。

「大田《おおた》くんがなぐりかかってきて……。ぼくを殺そうとしました」

息も絶《た》え絶《だ》えに、亨が答えた。のどをおさえ、荒《あら》い息をはく。亨の迫真《はくしん》の演技《えんぎ》に、先生たちはすっかり、のせられてしまった。

「まあ、大変」

峰先生が青くなった
「岩永《いわなが》先生、何をぼんやりしているんですか。こういう場合は、警察《けいさつ》に通報《つうほう》しなきゃいけないんですよ」

最上先生は赤くなった。興奮《こうふん》して、息づかいまで荒くなった。

「先生、子どもたちの前ですから」

峰先生は最上先生を、小さな声でたしなめる。

「とにかく土屋《つちや》くんと大田くんを保健室《ほけんしつ》へ連れていきましょう。話はそれからです。

さあ、行きましょう。歩けるかな」

峰《みね》先生は勇人《はやと》を、最上《もがみ》先生は亨《とおる》を、だきかかえるようにして連れていった。

「みんな、静かに自習してるんだぞ」

岩永《いわなが》先生も、急いで後を追った。

優菜《ゆうな》は胸騒《むなさわ》ぎがしてならなかった。勇人をけりあげる瞬間《しゅんかん》の亨は、たしかに笑っていた。すべてを計算したうえで、亨は騒ぎを起こしたのではないだろうか。だとしたら、このままですむはずがない。どうすればいいのだろう。大夢《たいむ》と目を合わせた。その目にも、困惑《こんわく》の色がうかんでいた。

たおれた机《つくえ》をみんなで直した。優菜は、散らばった勇人の教科書を拾った。麻美《あさみ》がそれを勇人のランドセルに入れる。

ユニオンのメンバーが、優菜を取り囲むように寄《よ》ってきた。

「なあ、これからどうなるんだろ」

宏樹《ひろき》が不安そうにきいた。

「わからない。だから、みんなで話し合わな」

優菜《ゆうな》の顔も声も、こわばっていた。

「そうだね、わからないときは、みんなの意見を聞こう。それから考えよう」

大夢《たいむ》も賛成《さんせい》した
「みんな、机《つくえ》をロの字に並《なら》べよう。なるべく前のほうへ来て」

宏樹がみんなに呼《よ》びかける。ユニオンのメンバーが中心になって、机を寄《よ》せ合《あ》った。

(もしもだよ、ハヤトがけがをしたり、自殺したりしたら、どうなるかな)

(教室中、パニックになるね)

優菜と話したことが、現実《げんじつ》になってしまった。

このまま予測したことがどんどん進んでいったら、ぼくたちは自由をうばわれてしまう。大人に決められる前に、強い意志《いし》の力で、今を変えていこう。そうしないと、ぼくたちに未来はない。大夢《たいむ》はにぎったこぶしに、ぎゅっと力を入れた。

みんなの持っている情報《じょうほう》を出し合うと、少しずつ事件《じけん》の背景《はいけい》が見えてきた。軍団《ぐんだん》のメンバーは、亨《とおる》の支配から抜《ぬ》け出《だ》そうとしていたという。

「ハヤトがみんなと、すげえ楽しそうにしているのを見て、うらやましくなったんだ。そんで、トオルからはなれても、安全なんだと思った」

軍団のひとりがいった。

「トオルの考えていることに、おれ、ついていけなくなった。きょうのことも、ハヤトは、はめられたんだと思う」

軍団のもうひとりが続けた。その不安はあたっていた。

「先に手を出したのは、トオルのほうだぜ。ハヤトは、最初、無視《むし》してたんだ。トオルがしつこく、なんか、いっていたんだ」

そのことを裏付《うらづ》ける証言《しょうげん》を、勇人《はやと》と同じ班《はん》にいた男子がした。

亨《とおる》はかなり追いつめられていた様子もわかった。

「先週の模擬《もぎ》試験で、順位をかなり落としていたよ。それも関係あるのかな。トオルが受験する中学は、レベルが高いからね。がっくりしてたよ」

亨と同じ塾《じゅく》に通う女子がいった。

「トオルの家は、成績にむちゃくちゃ厳《きび》しいみたいね。塾のほかに、家庭教師が何人かいて、いっつも見張《みは》られているみたいだって、トオルがいってたことがあるよ」

家が近くにある女子がいう。

「おれ、知ってる。お父さんもお母さんも働いているから、トオルは、GPS《ジーピーエス》っていうの、持たされているんだよ。通学路を外れたら、速攻《そっこう》でお母さんから連絡《れんらく》が入るんだ」

「家にカメラもあるらしいぜ。前にトオルが自慢《じまん》していたの、聞いたぞ」

亨のことを知れば知るほど、大夢《たいむ》は胸《むね》が痛《いた》くなった。

——それじゃ、ほんとうに、ロボットか奴隷《どれい》みたいじゃないか。

飢《う》えても追われても、大夢《たいむ》にはまだ自由があった。孤独《こどく》な旅を続けていて、香奈子《かなこ》や優菜《ゆうな》のような信頼《しんらい》できる同志《どうし》とも出会えた。自分を変える機会を見つけることができた。

「ハヤトを守ればいいと思っていたけど、それだけじゃだめだったんだね」

大夢はつぶやく。

「そうやね。わたしたちは、トオルのことも守らなければいけなかったんや」

優菜の声はしずんでいた。大夢と同じことを、優菜も感じていた。

「先生がもどってくる前に、これからどうするか、考えておこうぜ」

宏樹《ひろき》がみんなを見回した。

「けどさ、トオルはどう決着をつけるつもりなのかな。あいつのことだから、なんか考えているんだよな」

啓介《けいすけ》が、大夢《たいむ》と優菜《ゆうな》の意見を求めた。

アッと軍団《ぐんだん》のひとりがさけんだ。

「一網打尽《いちもうだじん》ゲームをするんだって、トオルが楽しそうに笑っていた!」

「一網打尽て、何?」

「どういうこと?」

顔を見合わせて、ささやき合う。

「みんないっしょに、つかまえてしまおうってことよ。トオルは、きっと、わたしたち全員を巻《ま》きこむつもりよ」

麻美《あさみ》が立ち上がっていった。

「なんでよう、わたし、関係ないもの」

「ぼくも関係ないよ。トオルのこともハヤトのことも、ふたりが勝手にやってることだろ。じょうだん、きついぜ」

何人かが口々にわめきたてた。遠くで鳴っていたかみなりが、突如《とつじょ》、頭上で鳴り始めたように、あわてふためいている。

岩永《いわなが》先生が教室にもどってきた。みんなは不安と期待をこめて、じっと先生を見つめる。よく聞こえるように、体を前のほうに出したり、机《つくえ》を寄《よ》せたり。全身を耳にして、先生の言葉を待った。

「土屋《つちや》くんは病院に行ったよ。大田《おおた》くんは、今、校長先生に事情《じじょう》をきかれている」

先生はしわがれた声でいった。赤い顔をしている。

「いったい何があったのか、まだよくわからないんだ。だれか知っているなら、教えてくれないかな」

先生は机に手をついて、体を支《ささ》えている。熱のせいなのか、衝撃《しょうげき》のせいなのか、立っているのもつらそうだった。

「岩永先生、手ぬるいですね。そんなだから、なめられるんですよ」

いつの間にか、最上《もがみ》先生が教室の後ろに立っていた。腕《うで》を組んで仁王立《におうだ》ちになって、

「井深《いぶか》、桜木《さくらぎ》、森河《もりかわ》。すぐに校長室へ来い」

とどなった。三人は顔を見合わせる。ごくりとつばを飲みこんだ。一網打尽《いちもうだじん》ゲームが、いよいよスタートした。

「そう簡単《かんたん》に、網《あみ》にかかってたまるか」

啓介《けいすけ》は指をぽきぽきと鳴らしていった。宏樹《ひろき》はピッチにでも立つように、

「行ってくるな」

みんなにV《ブイ》サインをした。大夢《たいむ》は胸《むね》に手を当てる。自分の意志《いし》の力を信じるしかないと思った。

4

浅野《あさの》さんがキャベツを届《とど》けてくれた。大きくて葉もシャキッとしていて、つややかだった。ひとつでいいというのに、浅野さんは五玉も置いていった。

「というわけで、本日のメニューはロールキャベツです」

香奈子《かなこ》は大夢《たいむ》にレシピを渡《わた》した。お父さんの誕生日《たんじょうび》に、大夢が作りたいといっていたロールキャベツ。お母さんの味に近づけるためにも、試作しておきたかった。

「お父さんがね、ぼくの料理、食べてくれるようになったよ」

大夢がうれしそうにいった。

「よかったわね。おいしいっていってくれたでしょ」

香奈子《かなこ》は満面の笑みをうかべる。

「いわないい。けど、すごくきれいに食べているよ。もうないのかっていう目で、ぼくを見るんだ。それって、おいしいってことだよね」

キャベツの葉を洗《あら》いながら、大夢《たいむ》は声をはずませた。

「まるで、タイムくんがお父さんみたいね」

香奈子は笑う。早くお父さんの笑顔に会えるといいねと見交わす目で伝えた。

合いびき肉と生パン粉、パセリとニンニク。卵《たまご》とパプリカ。香奈子は、キッチンのテーブルに材料を並《なら》べていく。

「お母さんのロールキャベツには、ニンジンのほかに、何が入っていたのかしら」

香奈子にきかれ、大夢は目をとじて、思いうかべてみる。

「えーと、タマネギと……、シイタケだったと思う」

自信なげに答えた。

なるほどとうなずいて、香奈子《かなこ》は、ニンジン、シイタケ、タマネギをテーブルに置いた。

「まずはスープを作りましょう。多めに作って冷凍《れいとう》しておけば、リゾットにもソースにも応用《おうよう》できるわよ」

香奈子はいって、コンロに大きななべをかけた。鶏《とり》ガラを入れ、強火で煮立《にた》てる。表面にういてくるアクを、アク取りですくうのは、大夢《たいむ》の担当《たんとう》だ。

「トオルくんのけがが軽くすんで、ほんとうによかったわね」

香味《こうみ》野菜を糸でしばって、香奈子はブーケガルニを作る。

「うん、ハヤトがいちばん喜んでいると思う」

キッチンに入ってすぐに、大夢は教室での出来事を、息もつかずに報告《ほうこく》した。香奈子がおどろかされたのは、勇人《はやと》と亨《とおる》のけんかではなく、その後の大人たちのあわてぶりだった。

「先生たちは、どうして、ぼくらのことを信じてくれないのかな。ぜーんぜんなんだよ。何をいっても、聞く耳を持たないって感じなんだ。どんないじめをしたのか、正直にいいなさい、反省しなさいって、そればっかり」

大夢《たいむ》は表面にういたアクを、ていねいにすくい取っていく。よごれたアク取りを、ボウルにはった水で洗《あら》った。

「アクをすくい取ることが必要なのにね。とじこめてしまったら、スープはますますにごってしまうわね」

香奈子《かなこ》がいった。

子どもたちの不安や不満や不信を、みんな、聞いてあげたらいいのにと香奈子は思う。あわてたり、どなったり、おどしたり、かくしたり。そうすればするほど、子どもたちの心に、にごりはしずんでいくのではないだろうかと心配になる。

「ぼくらの味も、トオルの味も、どうでもいいと思っているんだよ」

アクが取れたなべに、大夢《たいむ》はタマネギ、ニンジン、ブーケガルニを入れた。あとは弱火にして、半分の量になるまで時間をかけて煮詰《につ》めればいい。

「味がわからなければ、料理はできないわね。どうするつもりなのかしら。なべごと、捨ててしまうつもりなのかしらね」

ひとごとのように香奈子《かなこ》がいう。

「いやだよ。そんなの、ひどすぎる」

思わず大夢がさけんだ。

リビングでうたたねをしていた和也《かずや》が、動く気配がした。大夢はあわてて両手を口にあてた。

「クマさんを起こしちゃったかな」

そっとリビングをのぞく。和也は静かに、目をとじていた。最近、和也はリビングで過《す》ごすことが多くなった。政治《せいじ》や社会のことにも、関心を示《しめ》すようになった。いい傾向《けいこう》だと香奈子《かなこ》は思っている。

「あしたね、保護者会《ほごしゃかい》があるんだ」

大夢《たいむ》がいった。ニンジンの皮を、器用にピーラーでむく。

「岩永《いわなが》先生、大変だろうな。だって、トオルのところは、最強の弁護士《べんごし》ふたり組なんだからさ。かないっこないよ」

「弁護士さんも登場するなんて、おおごとねえ」

香奈子は目をまるくしている。

「岩永先生はさ、少したよりないところもあるけれど、でも、ぼくらの味を見ようとしてくれる。ぼくは、けっこう、先生の薄味《うすあじ》、好きだけどな」

「なるほどねえ。先生が薄味のほうが、安心して自分の味を出せるかもね。濃厚《のうこう》な味は、たしかに目立つけど、ほかの自信のない味を消してしまうきらいもあるわね」

大夢の感じ方に、香奈子はおどろかされる。ひとゆでしたキャベツをざるに入れて、水気を切る。大夢《たいむ》は苦手なタマネギのみじん切りにいどむことにする。

「ハヤトくんもトオルくんも、ちゃんと食事をとっているのかしら」

香奈子《かなこ》は窓《まど》へ視線《しせん》を向けていった。気持ちが荒《あ》れているときほど、心をこめた温かな料理が必要なのだと香奈子は思う。

「いっしょにロールキャベツを食べられたらいいのにな」

ふたりを思いながら、大夢はトントンとタマネギを刻《きざ》む。包丁《ほうちょう》を入れるほどに、タマネギのにおいはきつくなる。こらえきれず、大夢は泣いた。

「ユニオンなのに、ちっとも役目を果たせていないんだ」

自分の無力さが、大夢は情《なさ》けなかった。勇人《はやと》はあの日以来、登校していない。宏樹《ひろき》や啓介《けいすけ》と訪《たず》ねたが、お母さんに追い返されてしまった。

勇人の気持ちを考えると、胸《むね》が痛《いた》くなる、さびしいだろうなと思う。それなのに、支《ささ》え合《あ》うことはおろか、声をかけ合うこともできないでいる。大夢は涙《なみだ》が止まらなくなった。

「タマネギのせいだよ」

涙目《なみだめ》を香奈子《かなこ》に向けて、言《い》い訳《わけ》をする。


具を入れて巻《ま》き終《お》わったロールキャベツを、フライパンに入れる。中火でころころ転がしながら焼き固める。

「トオルがね、一網打尽《いちもうだじん》ゲームを始めるよって、いったんだってさ。それが本気だってことが、だんだんわかってきたよ」

大夢《たいむ》がいった。焼き色がついたロールキャベツの上に、スープを入れていく。

「クラスのお友だちを、一網打尽《いちもうだじん》にするっていうこと?」

香奈子は不快《ふかい》そうに、眉《まゆ》を寄《よ》せた。

「弁護士《べんごし》さんがふたり、毎日のように校長室に来ているんだよね。うわさではね、トオルをいじめた人のリストを持ってくるんだって。きょうはこの子に反省を求めてくださいって、その子の名前のところに丸がついているんだってさ」

煮立《にた》ったなべに、大夢《たいむ》はふたをして火力を調節する。

「クラスのほとんどが呼《よ》び出《だ》されて、反省を求められているんだ。男子だけじゃなく、女子もね」

「ユウナちゃんも？」

香奈子《かなこ》がきいた。

「もちろんさ」

優菜《ゆうな》の名前を耳にしたとたん、大夢はほおから耳のあたりまで、じんわりと熱くなった。香奈子はにやりと笑った。

「浅野《あさの》さんがいったんだね」

大夢はもじもじとして、なべのふたを開けたりしめたりした。

「べつに何もいってなかったわよ、朝の神社でだれかさんとだれかさんが、いい感じだったってこと以外は、なあんにも」

香奈子《かなこ》はいいながら、くすくすと笑った。

「話をもどすからね」

大夢《たいむ》は一生懸命《いっしょうけんめい》、まじめな顔をした。

「不思議なんだ。ありもしないことを、いいだす子が出てきたんだ。あの子がいじめていました。あの子とあの子がこんな話をしてましたって。先生たちは大喜びさ。ようやく、ほんとうのことをいいだしたって」

「まあ、あきれた。密告者《みっこくしゃ》を作り出したのね」

香奈子の顔から、笑みが消えた。

「お互《たが》いが信じられなくて、憎《にく》しみ合《あ》うようになった。クラスはめちゃくちゃさ。ユニオンも崩壊《ほうかい》だよ。簡単《かんたん》なんだね。人の信頼《しんらい》をくずすことって」

「なんてことでしょう。それがみんな、トオルくんの書いたシナリオだっていうの？」

大夢《たいむ》はうなずく。

「ケイスケなんか、頭から湯気出して怒《おこ》ってる。あいつは悪魔《あくま》だって」

「タイムくんはどう思うの？」

「ぼくにも、何がなんだか、わからなくなってきているんだ」

大夢はこぶしで、頭をとんとんとたたいた。

ロールキャベツに火が通ったところで、いったん皿に取り出す。煮汁《にじる》に生パン粉とチーズを加えて、混《ま》ぜ合《あ》わせる。

「タイムくん、味を見て」

香奈子《かなこ》にいわれ、大夢はスプーンですくって、ソースの味を見る。もうひとさじ。もうひとさじ。首をかしげながら、大夢は何度も味を見る。

「だんだん、わからなくなってきた」

救いを求めるような目で、香奈子《かなこ》を見つめた。

「味を見すぎると、かえってわからなくなるものよ」

香奈子は水の入ったグラスを、大夢《たいむ》に渡《わた》した。飲むようにとうながす。

「一度、消してからのほうが、ほんとうの味が見えてくるわ」

ごくりと音をたてて、大夢は水を飲んだ。塩とこしょうを足して、ほんの少し濃《こ》いめにしてみる。

「あ、これかも。そうだ、この味だ」

ようやく大夢は、お母さんの味を見つけることができた。レシピに塩とこしょうの量を書き加えて、大夢はハッとした。

「香奈子さん、おんなじことかもしれないね」

顔をあげて、大夢がいった。

「自分のことばかり見すぎると、まわりのことが見えなくなるんじゃないのかな」

「それはあるかもしれないわね。どうしてわかってくれないのかって、人を憎《にく》んだり、うらんだり。わからない人のことを、ばかにしたりね」

炊《た》き上《あ》がった玄米《げんまい》ごはんを、香奈子《かなこ》はボウルに移《うつ》す。

蒸《む》したカボチャとニンジン、いためたタマネギとピーマンをごはんに混《ま》ぜ合《あ》わせて、ライスコロッケを作る。

「トオルがそうなんじゃないのかな。それと、トオルのお父さんやお母さんも」

大夢《たいむ》が冷蔵庫《れいぞうこ》から、チーズと卵《たまご》を取り出す。

「そうか。自分のことでいっぱいで、ほかの人の気持ちが、ぜんぜん見えなくなっているというわけなのね」

香奈子は混《ま》ぜごはんを手に広げ、チーズをしんにして、くるくると団子状《だんごじょう》にまるめていく。

「ぼくらもそうなのかも。トオルのゲームにはまりすぎると、トオルのほんとうに意図しているものが、見えなくなりそうだよ」

大夢《たいむ》がいった。香奈子《かなこ》にならって、ごはんを手の上に広げる。小さな角に切ったチーズを真ん中に入れて、団子《だんご》を作った。

「そこまで気がつくなんて、タイムくんはかしこいのね」

香奈子は感心する。まだ小学生なのに、ずいぶん、するどい観察眼《かんさつがん》を持っているものだと舌《した》を巻《ま》く。

ぼくだけの考えではないのだと、大夢はあわてて否定《ひてい》した。

「クマさんにね、アンナマリーの短編集《たんぺんしゅう》をすすめられたんだ」

一九三〇年に生まれた子どもたちの物語。第二次世界大戦へと続く時代に、ドイツで、スペインで、フランスで生まれた子どもたち。戦乱《せんらん》の渦《うず》に巻《ま》きこまれていく子どもの悲しみがつづられていた。

「ヒロキやユウナたちも読んで、感想を話し合ったんだ。それでね、今、クラスで起きていることと、なんか似《に》ているってことになったんだ」

大夢《たいむ》の話を聞きながら、香奈子《かなこ》の手は休みなく動く。白インゲン豆とレンズ豆を混《ま》ぜる。マッシュルームを切り、ベビーリーフを洗《あら》う。話しながら、大夢はテーブルをふき、三人分の皿を出す。

「トオルくんは腕《うで》のいい料理人の大募集《だいぼしゅう》をしているのかしらね」

香奈子がいった。ドレッシングを作る手をふと止めた。

「募集していることを、みんなに知らせたくて、次から次へといろんな手を考え出しているのかしら」

香奈子は顔をあげて、大夢を見つめる。

「トオルくんのサインに、そろそろ気づいてあげないと」

お父さんかお母さん、先生でもいい。亨《とおる》の味を見てほしい。心にういたアクをすくい取り、ほんとうに必要なスパイスを加えてほしいと香奈子は思った。

「それって、どういうことなんだろ」

香奈子《かなこ》の言葉の意味を、大夢《たいむ》は自分で考えてみる。そうしないと、亨《とおる》のサインを受け止めることはできない気がした。

いつのまにか、和也《かずや》がキッチンに立っていた。

「タイムくん、保護者会《ほごしゃかい》にはお父さんが出るのかね」

とうとつに聞く。

「たぶん、仕事があるから無理だと思います」

平日の午後のことだ。お父さんにはいわないでおこうと、大夢は思っていた。

「じゃあ、わたしが出よう。お父さんが帰ったら、わたしに電話をするように、いっといてくれるかね」

和也がいった。大夢の話を聞いていて、冬眠《とうみん》している場合ではないと思った。胸《むね》の中に、子どものころに味わった苦味が広がっていった。

第六章　勇者からの伝言

1

学校では安心して話もできない状態《じょうたい》だった。だれかはわからない密告者《みっこくしゃ》が、宏樹《ひろき》や啓介《けいすけ》たちユニオンの主要なメンバーの言動に、常《つね》に聞き耳を立てていた。大夢《たいむ》も啓介も、毎日のように校長室へ呼《よ》ばれ、ひとつひとつの言動に注意を受けた。

登校一時間前に、大夢と啓介と宏樹、優菜《ゆうな》と麻美《あさみ》たちは神社に集合した。情報《じょうほう》は共有していこうと決めていた。孤立《こりつ》すれば意志《いし》の力は弱まり、判断《はんだん》をあやまることにもなりかねない。そのことを、五人はともにアンナマリーの短編集《たんぺんしゅう》から学んでいた。

境内《けいだい》では神社の世話人のおじさんとおばさんが、落ち葉掃《は》きをしていた。木々の葉は落ちて、サクラもイチョウもわずかな葉をまとうだけだった。ひさしぶりに神社に来たという宏樹《ひろき》は、あちらこちらに目を走らせ「なつかしい」を連発させている。

クスノキの根元にランドセルを置いて、五人は神社の石段《いしだん》に順番に座《すわ》った。

「きのうの保護者会《ほごしゃかい》に出席したのは、うちの母ちゃんと、タイムんちのじいちゃんと、あとはアサミの母ちゃんだよな」

啓介《けいすけ》がいった。大夢《たいむ》のじいちゃんとは和也《かずや》を指していう。宏樹のお母さんは仕事をどうしても休めなかったし、優菜《ゆうな》のお母さんも、おばあちゃんの痛《いた》みの発作が起きて、家をはなれられなかった。

「アサミ、おまえんちの母ちゃんさ、なんかいってたか」

啓介がきく。麻美《あさみ》は首を左右にふる。麻美は横浜《よこはま》駅前の有名進学塾《しんがくじゅく》に通っている。保護者会にお母さんが行っている間に出かけて、帰ってきたのは午後十時近くだった。

「帰ったら、お母さん、お父さんとけんかをしてて、聞けるふんいきじゃなかったの。塾の宿題をやってたら、もう十二時だったし」

麻美《あさみ》はうつむいて、指でめがねをおさえる。このところ、お父さんとお母さんは、あまりうまくいっていないらしい。離婚《りこん》かもなと、中学生のお兄ちゃんがいっていた。

「考えてみると、お母さんとゆっくり話す時間って、意外とないんだよね」

ごめんねという麻美の顔はさびしそうだった。

「私立中学を受験するやつは大変なんだな」

麻美を気づかって、啓介《けいすけ》がいった。

「その上、家庭教師が待っていたら、トオルがパンクするのも無理ないか」

宏樹《ひろき》がぼそりとつぶやく。

「待てよ。あいつに同情《どうじょう》なんかすんなよ」

啓介はどうしても亨《とおる》が許《ゆる》せない。自分がつらいからといって、他人を傷《きず》つけていいわけがない。うそをついて、人をおとしいれるなど、とんでもないことだと思う。

「トオルは、おれらにいじめられたって、いっているんだぜ」

啓介《けいすけ》は、お母さんから聞いた保護者会《ほごしゃかい》の様子を話しだした。亭《とおる》の両親の代理人として出席したのは、ふたりの弁護士《べんごし》だった。

「おれとヒロキが、トオルをロッカーにとじこめたんだってさ。ハヤトとタイムが加わって、トオルをぼこぼこにしたんだと」

「なんだよ。それってトオルがハヤトにやったことじゃないか」

おどろきすぎて、宏樹《ひろき》の声が裏返《うらがえ》った。知らぬ間にとんでもないことになっている。

「逃《に》げるトオルを追いかけたり、帰り道を待ちぶせて、なぐったりもしたらしいよ」

ふんと啓介は鼻を鳴らす。

「それもトオルがしたことやん」

優菜《ゆうな》の白いほおが、ぷうとふくらむ。そうだよと大夢《たいむ》もうなずく。

「母ちゃんががんばって、それはちがうっていったら、校長先生があわてて止めたんだってさ」

啓介《けいすけ》がいった。岩永《いわなが》先生を補佐《ほさ》する役目で、校長先生も保護者会《ほごしゃかい》へ出席していた。

「ほんとに補佐してくれたんかな」

信じられないと、優菜《ゆうな》は頭を左右にふる。校長室に呼《よ》ばれた優菜は、ほんとうのことしかいっていないのに、何度も「ほんとうのことをいいなさい」といわれた。まるで自分がとんでもないうそつきになった気がして、しばらくへこんでいた。優菜は校長先生に、あまりいい印象を持っていない。

「それは期待できないかも」

苦い思いは大夢《たいむ》も味わっていた。大夢の言葉も心も、校長先生には届《とど》かなかった。即座《そくざ》に否定《ひてい》され、はね返された。岩永先生の力になってくれるとは、とても思えない。

「トオルがクラス全員に損害賠償《そんがいばいしょう》を求めているんだと。それが保障《ほしょう》されるまで、学校には来ないといったらしいぜ」

信じられないことを啓介がいう。みんなそろって、のけぞった。

「さかさまだろ。トオルからもらいたいくらいだよな。特にタイムとハヤトがいじめのターゲットにされたことは、クラス全員が知っていることだろ。話が、なんか、めちゃくちゃになっていないか」

宏樹《ひろき》は怒《いか》りで頭から湯気が出そうだった。固めたこぶしでバンバンとももを打つ。

「親が金持ちだと、なんでもできちゃうってこと？　うそを真実にぬりかえることも、たやすくできちゃうの？　いやだ、そんなの許《ゆる》せないよ」

悔《くや》しい悔しいと、麻美《あさみ》は足を踏《ふ》み鳴《な》らした。

「わたしたちがユニオンの種をまいて、ようやく芽を出した畑を、ブルドーザーでつぶされていくみたいやね」

失望と怒りで、優菜《ゆうな》の声もしずむ。

「みんな、大人なのにさ、反論《はんろん》ていうか、まちがいを正してくれる人は、だれもいなかったのかな」

かすかな期待をこめて、大夢《たいむ》がきく。お父さんの代わりに出席したクマさんは、どうしたのだろう。だまって引き下がったのだろうか。

「じいちゃんから聞いていないの？」

一段《いちだん》下の段に座《すわ》っている啓介《けいすけ》が、大夢を見上げていった。

「土曜日に聞きに行くことになっているんだ」

大夢が答えると、啓介はにやりと笑った。

「ドラマはここから始まるんだよ。土曜日まで待つか、今、聞くかだな。タイム、どうする？」

もったいぶる啓介の頭を、麻美《あさみ》がパシンと平手で打った。ふざけている場合ではないと、こわい目でにらんだ。

「わかったよ、教えてやるよ。タイムんちのじいちゃんが、やってくれたんだよ。うちの母ちゃん、もうすっかり、じいちゃんのファンだってさ」

えっほんとせき払《ばら》いをして、啓介《けいすけ》は話を続けた。

出席した保護者《ほごしゃ》は十二人だった。

啓介のお母さんは、出席者の顔を見渡《みわた》した。緊張《きんちょう》しているお母さんたちとおじいさんがひとり。おじいさんは眠《ねむ》っているのか、じっと目をとじている。

岩永《いわなが》先生はしょんぼりと肩《かた》を落としているし、期待した校長先生はすっかり相手のペースにのせられている。弁護士《べんごし》ふたり組は、余裕《よゆう》たっぷりで笑顔さえ見せている。

このままでは、啓介がいじめたことにされてしまう。賠償金《ばいしょうきん》など払《はら》う余裕もないしと、啓介のお母さんはあせった。どうしたらいいのかと頭を抱《かか》えた。

「では、そういうことで」

話すだけ話して立ち上がろうとする弁護士に、

「お待ちなさい。まだ話は終わっていませんよ」

と和也《かずや》がいった。うながされ、弁護士《べんごし》たちはしぶしぶ座《すわ》り直《なお》した。

「ここは教室です。子どもたちへの愛を話し合う場ですよ。ハヤトくんやトオルくん、ほかの子どもたちのことについて、わたしたちはまだ何も話し合っていませんよ」

和也は厳《きび》しい目をふたり組へ向けた。ひとりは横を向いて、ふんと鼻先で笑い、もうひとりは広げたノートパソコンに、和也の言葉を入力していく。

「まあまあ、おじいさん。理想はそうですが、ここは現実的《げんじつてき》に処理《しょり》していきませんとですね、実際《じっさい》にいじめはあったわけですので。お孫さんをかばいたい気持ちはお察ししますがね、現実をきちんと受け止めて対処《たいしょ》しませんと、大変なことになりますよ」

両手をひらひらと泳がせて、校長先生は和也をなだめようとした。

「現実なら、わたしも知っていますよ。ハヤトくんとタイムが、被害《ひがい》を受けていたという真実のほうです。近所の方が、下校中のトオルくんの暴力行為《ぼうりょくこうい》を目撃《もくげき》していますから、まちがいはないと思いますがねえ」

和也《かずや》がいう。啓介《けいすけ》のお母さんは、思いっきり大きくうなずいた。

クラスメートを支《ささ》え合《あ》おうと大夢《たいむ》たちがユニオンを作ったこと。本を読んでは話し合い、互《たが》いの考えを深め合っていること。いじめを自分の問題ととらえ、自省の時間を持っていることなどを、和也は整然と述《の》べていく。

「学校が育ちの場であり、学びの場であることを、校長先生よりも子どもたちのほうがよく知っているということです。子どもたちは、自分たちの手で教室と友だちを守ろうと努力しています」

和也は言葉を切り、ぐるりとお母さんたちを見渡《みわた》した。

「すばらしい子どもたちですよ。そんな子どもに育ててきたお母さん方が、少々おどされたくらいでうつむいていて、どうしますか」

優《やさ》しくさとすように、和也はいった。お母さんたちはいっせいに顔をあげた。啓介のお母さんは、バンと胸《むね》をはった。あの生意気な啓介が、すばらしい子どもといわれた。たまらなくうれしくて、お母さんはほろりと涙《なみだ》をこぼした。

「子どもたちを信じて、教室を返すことですよ。さいわいなことに、岩永《いわなが》先生がいてくださる。大人は手を引きましょう」

「いやいや、おじいさん。それはできません。岩永先生は指導力《しどうりょく》不足ですし、反省の足りない子どもたちもおりますしですね。土屋《つちや》さんにもご納得《なっとく》のいくように、しっかりとわたしどもで対応《たいおう》してまいりませんと」

校長先生はあくまで、弁護士《べんごし》たちに気を使う。

「タイムがいっておりました。岩永先生は、ぼくたちの味を見ようとしてくれる。多少、たよりなげなところは先生の味で、ぼくはその味が好きなんだと」

岩永先生はハッとした顔で、和也《かずや》を見つめた。青ざめたほおが、みるみる桜色《さくらいろ》にそまっていった。

「子どもたちが安心して自分の味を出せるように、先生は陰《かげ》になって、見守っていてくださるのだろうと、わたしも思っておりました。子どもたちはしっかりと見ていますよ。自信を持って、ご自分の味を生かしたご指導《しどう》をなさってください」

和也《かずや》は岩永《いわなが》先生をはげました。

「先生、よろしくお願いいたします」

啓介《けいすけ》のお母さんが続けた。ほかのお母さんたちも岩永先生に頭をさげた。岩永先生の目に涙《なみだ》があふれる。ポケットからハンカチを取り出して目に当てた。

「うちのアサミは、あまり感情《かんじょう》をあらわさない子なんです。それが最近、なんか生き生きとしてきたというか、学校が楽しそうなんです。土屋《つちや》さんのお話にあるような、クラス全員でひどいいじめをしていたとは、どうしても思えないんです」

麻美《あさみ》のお母さんが口を開く。

「そういえば、うちの子も」

「そうそう、うちの子が」

お母さんたちの話は、次から次へと止まらなくなった。

「ま、とにかくですね、あらためて文書を発送いたしますので、その上でまた話し合いに応《おう》じましょう。本日は時間がありませんので、これで失礼を」

弁護士《べんごし》たちはそそくさと立ち上がり、黒いかばんに書類をつめ始めた。

「もう、あなた方との話し合いはやめときましょう。トオルくんの保護者《ほごしゃ》の方となら、いくらでも話し合いますがね。保護者会の目的は、トオルくんもふくめて、子どもたちが楽しく学べるようにすること。それに尽《つ》きます。教室にこれ以上、毒をまき散らさないでいただきたいですね」

和也《かずや》がいうと、お母さんたちは、こぞって大きな拍手《はくしゅ》をした。思わぬ反撃《はんげき》を受けて、弁護士たちはすごすごと帰っていった。

「本来なら校長先生のいうべきことでしたね。出過《です》ぎました、失礼」

和也は校長先生にもしっかりと釘《くぎ》を刺《さ》す。啓介《けいすけ》のお母さんは、三日分の便秘《べんぴ》が治ったときのように、すっきりとさわやかな気分になった。保護者会《ほごしゃかい》が終わるとすぐに、和也《かずや》のそばへ行き、握手《あくしゅ》を求めた。

家に帰ったお母さんは、啓介《けいすけ》を前にしてきちんと座《すわ》った。

「しっかり聞きなさい。これから話すことは、おまえが生きていくのに、とても大事なことなんだからね」

と真剣《しんけん》な顔でいった。一言ももらさないようにと、お母さんは詳《くわ》しく話した。いつもは人の話を半分も覚えていないお母さんにとっては、かなりの努力を要したことだろう。すっかり話し終えると、安心したようにお母さんはお茶を飲んだ。

「やった。すっげえ」

啓介はガッツポーズをした。相手の強力打線にガンガン打ちこまれ、絶体絶命《ぜったいぜつめい》のピンチだった。あきらめかけていたゲームで、おじいさんとお母さんチームが満塁《まんるい》ホームランを打ってくれた。

「おまえは、わたしが育てたすばらしい子どもだよ。何があっても信じるからね」

お母さんは、啓介《けいすけ》の手をぎゅっと強くにぎった。

「母ちゃんがついているからね。しっかり友だちを守るんだよ」

見たこともないような、まじめな顔でいった。


雲が切れて、太陽の光がのびてきた。

境内《けいだい》には、落ち葉を掃《は》く竹ぼうきの音がひびく。

啓介のお母さんの話は、五人の心に深くしみていった。希望の芽は、案外、強いのだと優菜《ゆうな》は思った。ブルドーザーでつぶされようと刈《か》り取《と》られようと、自分たちがあきらめないかぎり、また芽吹《めぶ》いてくるものなのだと。

「母ちゃんがついている……か」

空をあおいで、大夢《たいむ》はふっと息をもらす。お母さんのいないさびしさが、こみ上げてくる。大夢《たいむ》は啓介《けいすけ》をうらやましく思った。

「ねえ、タイムのおじいさんて、ほんとのおじいさんなん？」

石段《いしだん》のいちばん上から、優菜《ゆうな》は大夢を見下ろす。大夢にはおじさん応援団《おうえんだん》がいることを、優菜は知っている。和也《かずや》もそのひとりではないかとひらめいた。

「ちがうよ」

優菜のカンはするどい。大夢は正直に打ち明けることにした。香奈子《かなこ》の料理教室のことも。ないしょでクマさんと呼《よ》んでいることも。和也がアンナマリーの短編集《たんぺんしゅう》をすすめてくれたことも。

「タイムだけ、ずるいな。応援団がいっぱい、いるねんもん。わたしも料理教室へ行きたい。ぜったい行きたい」

優菜は足をバタバタとさせていった。小さな子どもみたいだと、大夢は笑った。

「おれもクマさんに会いたい。直接《ちょくせつ》、話を聞いてみたいな」

宏樹《ひろき》までがいいだした。サッカー本以外で、あんなに一生懸命《いっしょうけんめい》読んだ本は、今までなかった。特に第二話の『カナリア』には泣かされた。

一九三〇年、スペインのバスク地方にある小都市ゲルニカで生まれた少年の話――。サッカーの名手だった父親は、少年のあこがれであり誇《ほこ》りだった。早く大きくなって、父親とともにピッチに立ちたいと、少年は夢《ゆめ》をふくらませる。

その夢は一九三七年四月、ドイツ空軍の爆撃《ばくげき》によって断《た》たれてしまう。街は廃墟《はいきょ》となり、少年は両親と右足を失った。国内が敵《てき》味方に分かれてのスペイン内戦は、激《はげ》しい渦《うず》となり、幼《おさな》い少年をのみこんでいく。つらく苦しい日々を、少年が生きぬけたのは、夢を忘《わす》れなかったからだ。いつか、きっとピッチに立つという夢を――。

サッカーに託《たく》した少年の思いを、宏樹はしっかりと胸《むね》にだいた。ボールに触《ふ》れられるしあわせを、忘れてはいけないと思った。

「決めた。土曜日、おれもタイムといっしょに行くぞ」

啓介《けいすけ》はさっさと待ち合わせの時間と場所を決めていく。あっという間に話はまとまり、宏樹《ひろき》と優菜《ゆうな》と麻美《あさみ》も行くことになった。大夢《たいむ》には断《ことわ》るすきも与《あた》えなかった。

学校への近道を歩きながら、

「ほんというとね、わたし、お母さんに忘《わす》れられた気がして、すごく心細かったの。でも、ちゃんと見ていてくれた」

うれしそうに麻美がいった。指でめがねをおし上げて、軽くスキップをする。

「よかったな。アサミのお母さんも、ケイスケのお母さんも、すばらしいお母さんたちだ」

宏樹が声をはずませた。スバラシイ、スバラシイと啓介がはやす。

「大人は、やっぱり、すごいねんな」

後ろを歩く大夢をふりむいて、優菜はいった。

「救われた思いがするね」

大夢《たいむ》がにっこりと笑ってうなずく。お母さん、お父さんが見ていてくれる。自分たちを信じて、見守ってくれる大人たちがいる。それがどんなに心強いことなのかを、五人はしみじみと感じていた。

「これで、また戦えるな」

啓介《けいすけ》の声に、力がみなぎる。

2

昇降口《しょうこうぐち》で岩永《いわなが》先生といっしょになった。

「みんなそろって、遅刻《ちこく》か」

先生がさわやかな笑顔でいった。大夢と宏樹《ひろき》は顔を見合わせた。先生の笑顔を見たのは、ひさしぶりのことだった。

「チャイムはまだですよ」

麻美《あさみ》が笑みを返し、

「そうだよ、先生が早過《はやす》ぎんだよ」

啓介《けいすけ》が先生の背中《せなか》をぽんとたたく。にこにことして岩永《いわなが》先生は、啓介《けいすけ》と麻美と冗談《じょうだん》を交わしている。

「先生、ずいぶん元気になったんやね」

小さな声で優菜《ゆうな》がいった。きのうまで丸まっていた先生の背中は、すっきりとのびて、広く大きく見えた。みんなは先生を囲むようにして、教室までの廊下《ろうか》を前になったり後ろになったりしながら歩いていく。

「森河《もりかわ》くん。きのうは、おじいさんにとても大きな力をいただいたよ。ほんとうに、ありがたかった。きみからも、よろしく伝えておいてくれないか」

先生は和也《かずや》を、大夢《たいむ》のおじいさんと信じこんでいる。大夢の胸《むね》がちくりと痛《いた》んだ。

「味を見ようとしているって言葉、すごくうれしかったよ。ほんとうのことをいうと、すっかり自信をなくしていたところだったんだ」

先生は手に持った出席簿《しゅっせきぼ》に、目を落とした。眉《まゆ》を寄《よ》せて悲しそうな顔をした。勇人《はやと》と亨《とおる》のらんには、ずっと欠席の印が並《なら》んでいる。

「ふたりの味を、もっとしっかり見ないとな。それがぼくの仕事なんだよな。森河《もりかわ》くんの言葉で目が覚めた気がしたよ。ありがとな。それから、ごめんな」

足を止めて、岩永《いわなが》先生は大夢を見つめた。いじめにあっていた大夢。声を出せずにいた大夢。気づいていながらすくい取れなかったことを、先生はあやまった。大夢は先生の誠実《せいじつ》さに心を打たれた。だまっているのが心苦しくなった。

「あのう、ぼくのおじいさんというのはちがうんです」

大夢はいった。いっしょに階段《かいだん》を上りながら、和也のことを話す。お父さんの大学の先生だったこと。亭《とおる》たちに追われ、逃《に》げこんだのが、和也《かずや》の家だったことも。

「そうだったのか。とても幸運な出会いだったんだなあ。しかも土屋《つちや》くんがそのチャンスをつくってくれたとはな」

岩永《いわなが》先生は、細い目をいっぱいに見開いた。

「そうか、トオルもたまには、いいことをしてるってことか」

啓介《けいすけ》が口をはさんだ。三階へ続く階段《かいだん》の手すりから、身を乗り出すようにしている。危《あぶ》ないぞと、先生が注意をした。

「先生、タイムはね、もっと危ないですよ。通学路を外れてばかりですよ」

麻美《あさみ》がいい、

「まわり道をしては、おじさんやおばさんのお友だちをつくっているんですよ」

くすくす笑いながら、優菜《ゆうな》が続けた。

「へえ、知らなかったなあ。森河《もりかわ》くんには、そういう隠《かく》し味《あじ》があったのか」

岩永《いわなが》先生は感心していた。教室で見る大夢《たいむ》からは、想像もできなかった。勇人《はやと》と亨《とおる》にも、見逃《みのが》している味があるのかもしれないと思った。

「校長先生にいじめられても、めげちゃだめだぞ。がんばれよ、先生」

階段《かいだん》の上から啓介《けいすけ》がさけぶ。乱暴《らんぼう》な言葉にも、啓介の味がかくされている。そう思うと、岩永先生は胸《むね》が熱くなった。

教室の黒板の前に、みんなが集まっていた。

どうしたのかと、大夢はユニオンのメンバーに声をかける。メンバーは、黒板にはられた紙を指差した。

『ひきょうでうそつきな密告者《みっこくしゃ》たち。恥《はじ》を知れ！』

太いゴシックの見出しの下に、校長先生にうそのいじめを密告したとして、三人の名前と住所が書いてあった。その後に、『あしたも密告者の名前を公表します。これは、○○小学校裏《うら》サイトです』とあった。

「こいつらだったのか」

啓介《けいすけ》が吐《は》き捨《す》てるようにいった。先生は急いで紙をはがした。

「さあ、みんな、席にもどって」

先生にうながされ、みんなは着席する。名指しされた三人には、冷たい視線《しせん》が浴びせられた。机《つくえ》に顔をふせている男子がふたり。真っ赤な顔でうつむいている女子がひとり。受けた衝撃《しょうげき》は、かなり強かったようだ。

「先生、これって、もしかして新聞に出ている裏サイトってことですか」

不安そうな声があがった。インターネット上に、学校裏サイトという掲示板《けいじばん》があると、新聞やテレビで報道《ほうどう》されていた。先生や友だちを名指しで攻撃《こうげき》する、新しい形のいじめとして、大きな問題となっていた。

「たぶん、ちがうとは思うんだけどな」

岩永《いわなが》先生は眉《まゆ》を寄《よ》せた。こわい顔で考えこんでいる。それから、三人のそばに行き、心配しなくていいからと優《やさ》しく声をかけた。

「ちょっと確認《かくにん》したいことがあるんだ。少し時間をもらっていいかな」

先生はクラス全員の顔に、順番に視線《しせん》をあてていく。

「先生、行って」

「早く早く」

みんなの声にせかされるように、先生は教室を出ていった。

「みんなで話し合おうよ」

宏樹《ひろき》が声をかけ、大夢《たいむ》たちは机《つくえ》を移動《いどう》する。みんなの顔が見えるように輪になった。

「これって、そんなに大変なことなのかな」

久本賢太郎《ひさもとけんたろう》が青ざめた顔でいった。賢太郎は元軍団《もとぐんだん》のひとりだ。かすかに声がふるえている。先生の態度《たいど》に、問題の深刻《しんこく》さを感じている様子だった。

「だれだかわからない相手に、一方的に攻撃《こうげき》されるって、こわいと思う。自分の名前も住所もさらされたら、防ぎようがないもの」

麻美《あさみ》がいった。密告者《みっこくしゃ》と名指しされた女子は、麻美をいじめていた子だった。麻美の悪口をいいふらし、無視《むし》するように先導《せんどう》していた。強い子だと思っていた。その子が、うなだれてしくしくと泣いている。

「けどさ、やってもいないことを、校長先生に告げ口されて、おれもひどい目にあったぜ。これぐらいの罰《ばつ》、受けて当然なんじゃないの」

啓介《けいすけ》の正直な感想だった。うそつきでひきょうなやつらだと思っていた。いつか仕返しをしてやると心に決めて、啓介なりにたえていた。三人はびくりと身をすくめた。

「ルール違反《いはん》やん。わたしたちのクラスの問題なんやもん。わたしたちが話し合って解決《かいけつ》することやろ。勝手に世界に発信することとちがうやん。それに、いつ立場が逆《ぎゃく》転《てん》するかわからへんよ。知らない人からまで、密告者《みっこくしゃ》やいわれたら、わたしならたえられへん」

優菜《ゆうな》の指摘《してき》に、それもそうだと啓介《けいすけ》はうなずく。

「あした、また何人かの名前があげられるんだよね」

女子のひとりが声をひそめる。

「だれが、なんのために、こんなことをしたんだろうな。それがわからないと、どんな手を打ったらいいのか、わからないよ」

宏樹《ひろき》は、頭の後ろをぼりぼりとかく。考えにつまると、頭がかゆくなってくる。

「やったのはトオルだよ」

とつぜん、賢太郎《けんたろう》が告白した。教室はしんと静まり返った。

「学校へ来る途中《とちゅう》、トオルの家庭教師の先生に待ちぶせされたんだ。紙を渡《わた》されて、目立つところへはれっていわれた。トオルからの命令だって」

賢太郎《けんたろう》は軍団《ぐんだん》の中でも、亨《とおる》といちばん親しかった。がっしりとした体をこれ以上ないほど縮《ちぢ》めた。落ち着きなく視線《しせん》を泳がせている。

「なんでそんな命令、きくんだよ」

啓介《けいすけ》がどなった。

「ゲームのセカンドステージだっていうし、なんか、おもしろいなって思ったし」

「思ったし、それから、なんだよ。はっきりいえ!」

啓介は立ち上がる。いきおいあまって、ガタンと机《つくえ》がたおれた。賢太郎は半分腰《こし》をうかせて、逃《に》げる体勢《たいせい》をとっている。

「千円くれたんだ。悪かったよ、金は返すよ。こんなに大騒《おおさわ》ぎになるとは思わなかったんだ。軽いノリのつもりだったんだよ」

「ふざけんな、このやろう!」

たおれた机をまたいで、啓介はつかみかかろうとした。大夢《たいむ》と宏樹《ひろき》が必死で止めに入った。暴力《ぼうりょく》をふるったら、すべてがぶちこわしだ。また勇人《はやと》と同じ失敗をおかしてしまう。それだけは避《さ》けたかった。

「許《ゆる》せねえ」

着席しても、啓介《けいすけ》の怒《いか》りはおさまらない。こぶしでどんどんと机《つくえ》をたたいては、賢《けん》太郎《たろう》をにらみつけていた。女子がふたり、岩永《いわなが》先生に事の真相を伝えに走った。

「けど、なんでだろう。密告者《みっこくしゃ》って、どっちかというと、トオルに有利なはずだろ。なのに、どうして告発したりするんだろ」

机にほおづえをついて、大夢《たいむ》は深く考えてみる。

(トオルくんのサインに、そろそろ気づいてあげないと)

ふと、香奈子《かなこ》の言葉を思い出した。

「そうか。これはゲームなんかじゃない。トオルのさけびなんだ。トオルは、ぼくらを信じているんだよ。なんとかしてくれって、サインを送っているんだよ。まっすぐに伝えられないのが、トオルの味なんだ」

自分の敵《てき》を知らせようと、亨《とおる》なりに必死なんだろうと、大夢《たいむ》は思った。いろんな手を考えては、なんとか知らせようとしているのかも。

「だから、密告者《みっこくしゃ》を許《ゆる》せなかったのか。トオルが戦いをいどんでいる相手は、ぼくらじゃないってことなのか」

宏樹《ひろき》がいった。

「けど、賠償金《ばいしょうきん》まで要求しといて、それはないんじゃないの」

ユニオンのメンバーが反論《はんろん》する。それもそうだと、いくつかの頭がうなずく。

「お金のことは、トオルの本心じゃなかったのかもよ」

麻美《あさみ》が推理《すいり》する。人差し指をほおにあてて、探偵《たんてい》ポーズをとる。亨はいつも見張《みは》られているという。通学路を外れる自由もない。忙《いそが》しいお父さんとお母さんは、試験の結果にしか興味《きょうみ》を示《しめ》さない。決められた時間と決められたルール。楽しそうに語り合う友だちを見ながら、亨《とおる》は何を思っていたのだろう。

「そうやね。お父さんやお母さんをふりむかせるための小さな計画が、どんどん大きくなってしまったんかな」

大夢《たいむ》や麻美《あさみ》の考えに、優菜《ゆうな》も賛成《さんせい》した。かしこそうに見える亨には、もろくて幼《おさな》い一面がある。感情《かんじょう》をおさえられず、暴走《ぼうそう》するところも。

「そんじゃ、賠償金《ばいしょうきん》のことも本気じゃなかったのに、父ちゃんと母ちゃんが、マジに対応《たいおう》しちゃったってわけか」

啓介《けいすけ》が返した。どっちもばかじゃん。そういいながら、急に亨が気の毒になった。

「トオル、今ごろどうしているかな」

宏樹《ひろき》はつぶやき、窓《まど》の外へ視線《しせん》を向けた。

灰色の雲が、すっかり空をおおっている。今にも雨が降《ふ》りそうだった。

廊下《ろうか》を走る音がして、岩永《いわなが》先生がもどってきた。うつむいていた子たちも、いっせいに顔をあげて先生を見つめた。

「心配ないよ。裏《うら》サイトをまねて作ったものだった」

職員室《しょくいんしつ》から教室まで、一気に走ったのだろう。ふうふうと岩永《いわなが》先生は肩《かた》で大きく息をしていた。みんなは歓声《かんせい》をあげた。

「ちょうど弁護士《べんごし》さんたちも来られていてね。事情《じじょう》を説明したら、すぐに対処《たいしょ》してくれたよ。もう、だいじょうぶだから」

先生がいった。被害《ひがい》を主張《しゅちょう》するばかりだった弁護士たちが、岩永先生の話に耳を傾《かたむ》けるようになった。どうしたらいいのかと亨《とおる》のことを気にかけてくれるようになった。

「保護者会《ほごしゃかい》で、お母さんたちががんばってくれたおかげだよ」

岩永先生はうれしそうだった。大夢《たいむ》はじっと耳をすます。先生の心の中で、なべが煮《に》え始《はじ》めた。ぐつぐつ。ごとごと。力強くしっかりとした音が聞こえてくる。

「先生もニンジンやね」

優菜《ゆうな》が大夢《たいむ》の肩《かた》をつついてささやく。

3

黒い雲が流れていく。

風の音もだんだん大きくなってきていた。

「だいじょうぶかしら」

不安そうに香奈子《かなこ》は窓《まど》の外を見ている。大夢も香奈子のそばに立ち、いっしょに空を見上げる。関東《かんとう》地方を台風が通過《つうか》するらしい。

「ひどくならないといいね」

大夢がいった。午後から優菜や宏樹《ひろき》たちが来ることになっている。大夢は早くから来て、香奈子《かなこ》のケーキ作りを手伝っている。

果物のタルトレットとマドレーヌ。生地作りはきのうのうちに終えて、冷蔵庫《れいぞうこ》で一《ひと》晩《ばん》休ませてあった。

「マドレーヌを先に焼いてしまいましょうか」

香奈子の指示《しじ》で、大夢《たいむ》はシェルの焼き型にていねいにバターをぬり、袋《ふくろ》に入れた生地を、絞《しぼ》りいれていく。あとはオーブンで、十五分ほど焼けば完成だ。

「ユウナちゃんに会えるなんて、思ってもみなかったわ」

香奈子はそわそわとしている。まるで、息子のガールフレンドを迎《むか》える母親のようだった。

「どんな子かしらねえ。タイムくんの選んだ子って」

「あのね、香奈子さん。ぼくをからかうのはいいんだけど、お願いだからユウナの前で、そんなことを、ぜーったい、いわないでよね」

大夢《たいむ》がこわい顔でいった。香奈子《かなこ》は首をすくめて笑った。ミキサーでバター、粉、卵《たまご》と混《ま》ぜ合《あ》わせていく。生クリームとアーモンドエッセンスを加えて、タルトレットのクリームを作る。なめらかさがいい感じだと、香奈子は会心の笑みをうかべる。

「約束してよね。ほんとだからね」

しつこいくらいに、大夢は念をおす。ふふふと香奈子は笑う。松《まつ》の実《み》と干《ほ》しイチジク、ドライプルーンをのせたタルトレットを、熱したオーブンに入れる。

キッチンは、ケーキが焼ける甘《あま》いにおいに満ちていく。このにおいの中にいると、香奈子はいやなことなど忘《わす》れてしまう。フランボワーズ、キウイ、イチゴ、ブルーベリーの果物をかざったタルトレットも用意して、準備《じゅんび》はすっかり整った。

ケーキ作りに熱中している間に、窓《まど》の外は激《はげ》しい雨になっていた。リビングで電話が鳴り、香奈子が受話器を取りに走った。大夢はキッチンに残り、昼食用のサンドイッチを作り始める。

（タイムくんなら、うちにいるわよ）

（まあ、大変。いいわよ、すぐに連れてきて）

リビングから香奈子《かなこ》の声が聞こえてくる。何が大変なんだろう。大夢《たいむ》は心配になって、香奈子のそばに行った。

「浅野《あさの》さんがハヤトくんを連れてくるわ」

受話器を置いて、香奈子がいった。勇人《はやと》がコンビニの前で、雨にぬれていたのだそうだ。

「コンビニの店長さんを覚えているでしょ」

香奈子の説明で、店長さんがベイスターズの帽子《ぼうし》のおじさんだとわかった。亨《とおる》の軍団《ぐんだん》に囲まれたときに、助けてくれたおじさんだった。

「たまたま浅野さんがお店に寄《よ》ったら、タイムくんの友だちだよってことになったそうなの。ハヤトくんは、おうちには帰りたくないんだって」

香奈子《かなこ》はいいながら、タオルを出したり、勇人《はやと》の着替《きが》え用に和也《かずや》のジャージを出したりとせわしなく走り回っている。

「香奈子さん、おじやを作ってもいい？」

走り回る香奈子の後を、大夢《たいむ》が追いかける。

「いいけど、どうして」

「ハヤトは、きっと、おなかがすいていると思うんだ」

大夢も勇人と同じように、コンビニの前で立ちすくんでいたことがある。おなかがすいたのに、冷蔵庫《れいぞうこ》はからっぽだった。お父さんはなかなか帰らないし、お金もなかった。吸《す》い寄《よ》せられるようにコンビニに行き、窓越《まどご》しにカラフルな食べ物のパッケージをながめていた。

「まあ、かわいそうに」

香奈子《かなこ》は、キッチンに走った。体も心も冷えきっているだろう勇人《はやと》のために、大夢《たいむ》といっしょに、なべいっぱいのおじやを作る。

浅野《あさの》さんが勇人を連れてきた。勇人は頭から水をかぶったように、ずぶぬれだった。和也《かずや》も手伝って、勇人にシャワーを浴びせ、着替《きが》えさせた。香奈子は玄米《げんまい》スープとおじやを用意する。勇人は、いただきますもいわずに、猛烈《もうれつ》ないきおいで食べた。

「まるで欠食児童だなあ」

和也はあきれたようにいった。戦争中に体験したひもじさが、ふとよみがえった。意味を問う大夢に、食べ物がなくて、食事を抜《ぬ》くことだと香奈子が教える。なべをからっぽにして、スープを飲《の》み干《ほ》して、ようやく勇人は、はしを置いた。

「うまかったあ。生き返ったあ」

口のまわりについた飯つぶを、勇人はていねいにつまんでは口に入れる。

「きのうの夜から、なんにも食べていなかったんだ」

ごちそうさまをいった後で、勇人《はやと》は悲しそうな顔で打ち明けた。

「うそだろ、なんでだよ」

思わず大夢《たいむ》はさけんだ。勇人が何も食べずにいられるなんて、信じられなかった。

「おれ、どうしても学校へ行きたくてさ」

ぼそぼそとかすれた声で、勇人は話す。亨《とおる》にけがをさせた件《けん》で、ママから登校禁止《きんし》をいいわたされた。ちゃんと反省するまで、外出も禁止だといわれた。理由も聞かず、あまりにも一方的だったので、勇人はハンストをすることにした。ママの作ってくれたものには、手をつけないと決めた。

「おれにも意志《いし》の力があるってことを証明《しょうめい》したかったんだ」

空腹《くうふく》を満たすために、こっそり家を抜《ぬ》け出《だ》して、パンやお菓子《かし》を買って食べていた。とうとう貯金箱《ちょきんばこ》のお金も尽《つ》きてしまった。もう降参《こうさん》するしかないとあきらめかけていたら、岩永《いわなが》先生が訪《たず》ねてきた。

「トオルとトオルのお母さんもいっしょに、あやまりにきてくれたんだよ。これで、やっと学校へ行けるって、おれ、すごくうれしかったんだ。それなのに、ママはものすごく怒《おこ》りだして」

勇人《はやと》の顔がゆがんだ。ひっひっと、のどを鳴らす。

「訴《うった》えてやるって。学校とトオルのお父さんとお母さんを訴えて、賠償金《ばいしょうきん》をもらうんだっていいだして」

勇人の目から、涙《なみだ》がどっとあふれでる。

「まあ、なんてことなの」

香奈子《かなこ》は目をまるくしている。和也《かずや》は眉間《みけん》に太いしわを寄《よ》せた。

「おれ、ママを許《ゆる》せないと思った。だって、おれのことをぜんぜん信じなかったんだよ。ビンタされて、恥《は》ずかしいっていわれて。それなのに、ちがうってわかったら、とたんに訴えるとかいいだして。ママにそんな資格《しかく》はあるのかって、めちゃくちゃ腹《はら》が立った」

怒《いか》りのあまり、勇人《はやと》は家を飛び出した。そして、コンビニの前で動けなくなってしまったのだという。

「もう、おれ、家には帰んない。ママの顔なんか、二度と見たくもない」

勇人はうおーうおーと、すさまじい声をあげて泣きだした。

「ハヤト、おまえ、すごいよ。自由を手に入れるために、ひとりで戦っていたんだね。それなのに、ごめんね、何も知らないでいてさ」

大夢《たいむ》は勇人のそばに行き、しっかりと肩《かた》をだいた。


勇人の話を聞き、啓介《けいすけ》が号泣《ごうきゅう》した。

「おまえ、やせたな。服だって、こんなにぶかぶかになって」

涙声《なみだごえ》でいう。勇人は和也《かずや》のジャージを着ている。余裕《よゆう》があるのは当たり前だと、大《たい》夢《む》は思ったがだまっていた。

「もうブタなんて、いわせないからな」

勇人《はやと》はにこにこ顔で返した。ここ数日のママの監視《かんし》と圧力《あつりょく》はすさまじかった。

「これが自由だよなあ。いいよなあ」

勇人は小さな目を、ことさらに細めていった。おいしいごはんを腹《はら》いっぱいに食べた。目の前には優菜《ゆうな》と麻美《あさみ》がいる。宏樹《ひろき》と大夢が笑い、啓介《けいすけ》と肩《かた》をだき合う。だれの顔色をうかがう必要もない。命令もなければ服従《ふくじゅう》もない。

「けど、退屈《たいくつ》だったろうな。ゲームも取り上げられたんだろ」

宏樹がきく。部屋でじっとしていることなど、宏樹にはたえられそうもない。

「本だよ。本を読んでいたんだ」

勇人はいきおいこんでいった。優菜が手紙といっしょに届《とど》けてくれた『アンナマリー短編集《たんぺんしゅう》』を、勇人は五回も読み返した。

「みんなと話が合わなくなったら、やばいと思ってさ。あんなに字がたくさん書いてある本を最後まで読んだのは、おれ、生まれて初めてだよ」

本を読んでいる間は、勇人《はやと》は孤独《こどく》を忘《わす》れられた。仲間と思いがつながっていると、信じることができた。三話の『ヒヨドリ』は、一九三〇年に生まれたフランスの少年の話。お調子者で乱暴《らんぼう》でいじめの片棒《かたぼう》をかつぐが、やがて真の友情《ゆうじょう》に目覚めていく少年。まるで自分を見ているようだったと勇人はいう。

「おれもトオルの一部だったんだよ。おれとか軍団《ぐんだん》のメンバーの、乱暴したいとか、いじわるしたいっていう気持ちが、トオルに集まったんだ。おれたちがトオルをモンスターみたくしちゃったんだよな」

独裁者《どくさいしゃ》と呼《よ》ばれる指導者《しどうしゃ》たちが、短編集《たんぺんしゅう》には登場する。それぞれの国で熱狂的《ねっきょうてき》に支《し》持《じ》された指導者たちは、力をつけるにしたがって言論《げんろん》の自由を抑圧《よくあつ》し、反対派《はんたいは》を弾圧《だんあつ》し、他国を侵略《しんりゃく》していく。それと同じことが、自分たちの小さな世界にも起きていたのではないかと、勇人《はやと》はいった。

「そんなら、おれもトオルの一部だったよ。おっかねえとか、めんどうだとか、どうでもいいやって、ずっと思ってたもんな。それも全部、トオルが吸《す》いこんでたとしたら、モンスターにもなるよな」

亨《とおる》へ提供《ていきょう》してきた自分たちの弱さを、啓介《けいすけ》と宏樹《ひろき》はひとつひとつ省《かえり》みる。

「ハヤト、あんた、成長したね。見直したわ」

麻美《あさみ》がいった。どうだ、えらいだろと、勇人はどんと胸《むね》をたたく。

「モンスターは、わたしたちが作り出していくんやね」

優菜《ゆうな》は声をしずませた。亨の軍団《ぐんだん》に囲まれたときの不快《ふかい》さがよみがえってきた。悪意を浴びる気味の悪さといったらなかった。

「ぼくらも意志《いし》の力を高めていかないと」

神妙《しんみょう》な顔で大夢《たいむ》がうなずく。自分がモンスターになっていく恐怖《きょうふ》はどんなだろう。

止めようと思っても、制御《せいぎょ》がきかなくなるのもつらいだろうなと、大夢《たいむ》は思う。

4

和也《かずや》がリビングに姿《すがた》を見せた。

「保護者会《ほごしゃかい》に出席していただいて、ありがとうございました」

優菜《ゆうな》は頭をさげて、ていねいにお礼をいった。

「おれんちの母ちゃんも、すごくうれしかったっていってました。すばらしい子どもっていってくれたんで、あれから母ちゃん、めっちゃ優《やさ》しくなりました。おれもすごく助かっています」

啓介《けいすけ》もせいいっぱいの感謝《かんしゃ》の言葉を口にする。

「お役に立てたのなら、なによりだよ」

和也《かずや》は笑いながら、テーブルについた。香奈子《かなこ》がマグカップにコーヒーを入れて、和也の前に置いた。大夢《たいむ》たちにはココアを入れてくれた。目の前に置かれたマグカップを手にとって、大夢はアッと声をあげる。

「香奈子さん、これ、どうしたの」

目を大きく見開いて、大夢がいった。歴史物語にある、ワシの紋章《もんしょう》が描《えが》かれていた。

物語の舞台《ぶたい》となったヨーロッパへ旅したときに、和也が求めたものだという。

「このカップで、勇者たちと乾杯《かんぱい》をしたかったんだ」

和也は静かにほほえむ。

「勇者たちって、ひょっとして、ぼくたちのこと？」

大夢は指で自分をさし、みんなをふり返った。

「もちろん、そうだよ」

「でも、ぼくは弱虫だし、勇者なんて……」

大夢《たいむ》の声がふるえた。鼻のおくがつんと熱くなる。いつか勇者になれたらと願っていた。そう願いながら、さびしさにも悔《くや》しさにもたえてきた。忘《わす》れたい、捨ててしまいたいと思う日々もあった。それらすべての悲しい日々に、和也《かずや》が光をあててくれた。

「タイムくん、きみはりっぱな勇者だよ。意志《いし》の力で自分の道を切り開いてきたじゃないか。友人を思い、支《ささ》え合《あ》うことを忘れなかっただろ」

和也の言葉が、優《やさ》しく大夢を包む。

「そうよ、胸《むね》をはっていいのよ」

ほほえむ香奈子《かなこ》の目に、涙《なみだ》がきらりと光った。こらえきれず、大夢は涙をこぼした。

「あのう、もしかして、おれも勇者っていってもらえるんですか」

おそるおそる勇人《はやと》がきく。もちろんだと、和也が大きくうなずいた。勇人の顔がばら色にそまった。

「さあ、乾杯《かんぱい》しよう」

和也《かずや》はマグカップを高くかかげた。

「勇者諸君《しょくん》、きみたちの旅はこれから始まるんだ。いろんな困難《こんなん》にあうだろうが、きょう、ここで勇者として乾杯したことを、忘《わす》れずにいてくれるように願っているよ」

カチリとカップを鳴らして、和也がいった。


ごうごうと風がうなりをあげている。時おり、雨が激《はげ》しく窓《まど》を打った。

マドレーヌとタルトレットを口にしながら、大夢《たいむ》たちは和也の話に聞き入っていた。短編集《たんぺんしゅう》にはなかった、一九三〇年に日本の横浜《よこはま》で生まれた少年の話――。

和也は小学六年生だった。十二月の寒い朝のこと。ラジオのニュースで、日本がアメリカとイギリスへ宣戦布告《せんせんふこく》したことを伝えていた。すでにハワイ真珠湾《しんじゅわん》を空襲《くうしゅう》し、マレー半島へ上陸を開始したという。父さんがこわい顔で、「ばかなことを」と小さくつぶやいた。「どうなるのかしらねえ」と、母さんは不安そうだった。

校長先生は、快挙《かいきょ》だといった。各教室をまわって世界地図を広げては、興奮《こうふん》気味に解説《かいせつ》した。中国との戦争も続いていたが、ラジオや新聞では、日本軍の強さばかりを報道《ほうどう》していたので、和也《かずや》も友人たちも、勝つと信じて疑《うたが》わなかった。

「わたしは私立中学の入学試験を控《ひか》えていてね、そのことのほうが心配だった」

和也がいった。特別なことなどなかった。ごく普通《ふつう》の日々だったと。

「でも、戦争が始まったんでしょ。短編集《たんぺんしゅう》にあった、ドイツやフランスやスペインの少年たちのように、つらい思いはしなかったのかな」

大夢《たいむ》は納得《なっとく》がいかなかった。和也の育った時代の息苦しさは、短編集を読んでいても感じられた。ひとりひとりの命も意志《いし》も、軽んじられた時代だったはずだ。

「息苦しさは、今だってあるだろう。学校や家庭で、命や意志を大切にしているといえるのかね。力の強いものに反論《はんろん》する勇気が、どれだけあるのかね」

和也《かずや》に問い返されて、みんなは恥《は》ずかしそうにうつむいた。

「時代や環境《かんきょう》に流されず、自分の生き方は自分で選びとっていきたいものだ。その力を持つことが、勇者のたましいを抱《いだ》くということではないだろうかね」

自分にその力がなかったことを、和也はいまだに悔《くや》しく思う。十二歳《さい》の自分のあやまちを許《ゆる》せないでいる。

国民学校と名前を変えた小学校では、戦争に奉仕《ほうし》するようにとの教えを強めていった。将来《しょうらい》の夢《ゆめ》を、「強い兵隊になり、国のために命をささげること」と口にする級友たちが、日を追うごとにふえていった。

担任《たんにん》の先生は若い男性《だんせい》で、あだ名をシロヤギといった。本の好きな優《やさ》しい先生だった。朝の時間や雨の日の体育の時間に、先生は本を読んでくれた。和也には楽しい時間だったが、一部の保護者《ほごしゃ》には不評《ふひょう》だった。軍人になるには、サイボーグのような強い体と従順《じゅうじゅん》さが必要なのだ。もっと厳《きび》しくしろ、優しさも命の大切さも教えるなと声高にさけび、校長先生に圧力《あつりょく》を加えた。今すぐ、先生をやめさせろと。

和也《かずや》が親友の家に遊びに行ったときのことだった。「志望校《しぼうこう》を変えて、いっしょに陸軍幼年《ようねん》学校を目指そう」と誘《さそ》われた。親友のお父さんもそばに来て、「きみなら、きっといい軍人になれる。お国のために尽《つ》くせ」と熱心にすすめた。和也は大きくうなずいた。

進路の変更《へんこう》を父さんは許《ゆる》してくれなかった。和也は泣きながら、先生の家に相談に行った。初めて入った先生の部屋は、たくさんの本にうもれそうだった。

一日も早く軍人になりたい、父さんを説得してほしいという和也のたのみを、先生は断《ことわ》った。そして、「思いは、なかなか届《とど》かないものだね」とさびしげにつぶやき、一冊《さつ》の本を手に取った。和也が見たこともない外国の本だった。

和也は怒《おこ》って、先生の部屋を飛び出した。先生も父さんも非国民《ひこくみん》だ。お国のために役に立ちたいといっているのに、どうしてほめてくれないのか。親友のお父さんのように、「よくいった、いい子だ」と、頭をなでてくれないのはどうしてなんだと無性《むしょう》に腹《はら》が立った。

「きみは信頼《しんらい》できるから」と親友が、ある情報《じょうほう》を教えてくれた。「お父さんから聞いたんだ。シロヤギにはスパイの疑《うたが》いがあるんだってさ」。先生をよく見張《みは》るようにと、親友は、お父さんにいわれたのだそうだ。お国のためだ、小さなことでも見逃《みのが》すなと。

「協力してくれるよね」と親友に肩《かた》をたたかれて、和也《かずや》は再《ふたた》びうなずいてしまう。

お国のためといわれたら、だまっているわけにはいかなかった。和也は、先生の部屋で外国の本を見たことを話してしまう。数日たつと、学校から先生の姿《すがた》が消えた。とらわれてひどい拷問《ごうもん》を受けたとか、死んでしまったとか、いろんなうわさがあったが、真相はわからないままだ。

「おろかにも、自分ではそれが正義《せいぎ》だと思っていたんだよ」

和也は遠くを見るように、目を細めた。固くにぎったこぶしが、ひざの上でふるえている。香奈子《かなこ》がそっと和也《かずや》の肩《かた》に手を置いた。

「そのときに先生が手にしていた本は、なんだったんでしょうか」

リビングのすみから、岩永《いわなが》先生が声をあげた。勇人《はやと》を迎《むか》えに来て、そのまま話を聞く輪に加わっていた。和也はテーブルの上にのせてあった布袋《ぬのぶくろ》を引《ひ》き寄《よ》せて、中から古びた一冊《さつ》の本を取り出した。

「これだよ。イギリスで出版《しゅっぱん》された『チェンジングワールド』だ」

えっと息をのむ大夢《たいむ》に、和也は優《やさ》しい目をあてた。孤独《こどく》な少年が、苦難《くなん》を乗《の》り越《こ》えて旅をしながら、真の勇者に育っていく物語だと、和也は簡単《かんたん》に説明をする。

「じゃあ、先生は無事だったんだ。だから、その本があるんだね」

ホッとしたように、勇人がいった。和也は首を左右にふる。

一九四五年に入ると、空襲《くうしゅう》はいちだんと激《はげ》しさをましていった。横浜《よこはま》は二十五回もの空襲《くうしゅう》を受け、市街地は焼け野原となった。なかでも五月二十九日の大空襲は、すさまじいものだった。

よく晴れていた空が急に暗くなった。見上げると、無数の爆撃機《ばくげきき》が雲のように空をおおっていた。機銃掃射《きじゅうそうしゃ》の銃撃音《じゅうげきおん》に続き、ザーザーと雨のように焼夷弾《しょういだん》が降《ふ》ってきた。黒煙《こくえん》と火《ひ》の粉《こ》がまい、体が焼けるように熱くなった。目の前で、焼夷弾を浴びたおばさんが生きたまま燃《も》えた。駅の階段《かいだん》には、黒焦《くろこ》げになった死体があった。

和也《かずや》はいくつもの死体を乗《の》り越《こ》えて、ようやく家にたどり着いた。その夜、和也は泣いた。これが戦争なのか。親友のお父さんのいっていた勇ましさなど、かけらも見つからなかった。校長先生のいう正義《せいぎ》の戦争など、ありえるのだろうかと思った。大人への不信と怒《いか》りで、和也の胸《むね》は張《は》り裂《さ》けそうだった。

八月、日本は無条件降伏《むじょうけんこうふく》をする。目的を見失い、心をとざしていた和也に、父さんは黒い布袋《ぬのぶくろ》を渡《わた》した。「先生から預《あず》かっていたものだ」といわれ、和也はおそるおそる布袋を開けてみた。袋の中から出てきたのは、あの夜、先生が手にしていた本だった。戦争が終わったら渡《わた》してほしいと、父さんに託《たく》したのだという。

ページを開けると、『真の勇者の道を歩まん』と、先生の手で書かれていた。本を胸《むね》にだき、和也《かずや》は号泣《ごうきゅう》した。

「わたしが英文学を志《こころざ》したのは、この本を原文で読んでみたかったからなんだ。先生の届《とど》けたかった思いを、しっかりと受け止めようと思ってね」

和也は黄ばんだ本の表紙を、愛《いと》しそうになでた。

「シロヤギ先生には、命をかけて伝えたいもの、届けたい思いがあったんですね」

岩永《いわなが》先生がいった。自分ならどうだろうと思う。それだけの覚悟《かくご》を持って、子どもたちの前に立っているだろうかと自問してみる。

「人への信頼《しんらい》がなければ、できないことよね。なんだか、うらやましいわ。わたしには伝える相手もいないし、伝える思いもないような気がするわ」

ふと、香奈子《かなこ》はさびしくなった。

「そんなことないよ。ぼくは、香奈子《かなこ》さんにいっぱい伝えてもらったよ。香奈子さんに出会えなかったら、ぼくは勇者だなんて、いってもらえなかったよ」

大夢《たいむ》は勇者のマグカップをかかげて、にっこりと笑う。

「でも、まだ伝えきれていないですよね。香奈子さんの思いは深くて大きいから、タイムだけじゃ、受け止めるの無理ですよ。わたしも手伝いますね」

優菜《ゆうな》は大夢をおしのけて、両手を広げた。イチジクのタルトレットの作り方を、どうしても教えてほしかった。食べ終わったあと、優《やさ》しい気分になれるタルトレット。自分で作って、おばあちゃんに食べてほしいと思った。

「うちのママはさ、いっつも、ごはん作ってあげないっておどすんだよね。ママと対等になるには、自分で作れるようにならないとな。それに、さっきのおじや、めちゃくちゃ、うまかった。ああいうのが作れたらサイコーだな」

思わずたれたよだれを、勇人《はやと》はこぶしでぬぐった。

「ようし、みんな、まとめてめんどうみようかな。厳《きび》しいわよ。覚悟《かくご》しなさいな」

香奈子《かなこ》は腕《うで》まくりをする。大夢《たいむ》との出会いを通して、ママが伝えたかったこと。その答えを、香奈子はみんなの笑顔に見つけたような気がした。


風雨はおさまり、リビングに日の光が差してきた。

「シロヤギ先生も、勇者の道を目指していたんだね」

毛筆で書かれた先生の字をなぞりながら、大夢はいった。偶然《ぐうぜん》にも同じ本を愛読していたシロヤギ先生を、大夢は他人とは思えなかった。

「あの時代に優《やさ》しくあることはむずかしいことだった。それを貫《つらぬ》かれた先生は、まぎれもない勇者だったよ」

和也《かずや》の言葉に、大夢はうれしそうにほおをゆるめた。

「奴隷《どれい》より自由を選んだんだね」

大夢《たいむ》の声の力強さに、和也《かずや》はおどろかされる。初めて会ったときとは比《くら》べようもないほど、大夢の顔つきも体格《たいかく》もしっかりとしてきていた。

「ぼくもきっと、自由を選ぶよ。そういう生き方を学んでいきたいと思うんだ。香奈《かな》子《こ》さんとも約束したしね」

たのもしげに大夢がいった。和也は目を細め、うんうんとうなずいた。大夢《たいむ》はシロヤギ先生の伝言に目をもどす。くりかえしくりかえし読んでは、心に刻《きざ》んでいく。

チェンジングワールド――。真の勇者の道を歩まん。

●あとがき

本書での香奈子《かなこ》と大夢《たいむ》とがそうであったように、出会いには深い意味があるように思います。人は誰《だれ》でも心の底でぐつぐつと鍋《なべ》を煮込《にこ》みながら、生涯《しょうがい》をかけて自分という料理を完成させていくのだと思うのです。涙《なみだ》も笑顔も、厳《きび》しさも優《やさ》しさも、料理には不可欠な素材《そざい》であり、スパイスなのではないでしょうか。知らず知らずのうちに浮《う》いてくる心のアクの掬《すく》い手《て》も大切な存在《そんざい》といえます。ひとりひとり、ひとつひとつの出会いが、心の鍋の味に変化を加えていくのだと思います。

老いた父親と会話のない暮《く》らしをしていた香奈子の前に、突然《とつぜん》、小学五年生の大夢が飛び込んできます。いじめっ子軍団に追われ、庭に隠《かく》れていた大夢は、身も心も疲《つか》れ切《き》っていました。香奈子は大夢をキッチンに招《まね》き入《い》れ、手作りのケーキをふるまいます。おいしいという大夢の言葉に、香奈子《かなこ》は作り手としての喜びを感じます。料理を伝えながら、香奈子は、大夢《たいむ》の持つ旨味《うまみ》をぐんぐんと引き出していきます。素材《そざい》がごちそうに変身するように、出会いがふたりをおいしい味に変えていきます。

孤独《こどく》な日々の友として、大夢が愛読する『チェンジングワールド』は、香奈子の父親である和也《かずや》の愛読書でもありました。古代ローマの勇者の物語は、和也と大夢を強い絆《きずな》で結び、消えかけていた和也の心の鍋《なべ》を煮立《にた》たせていきます。亡《な》き人の「真の勇者の道を歩まん——」との伝言は、大夢の人生の歩き方をも変えていく予感がします。

世界の変化はめまぐるしく、方向もわからないままに流されていきそうです。くりかえしくりかえし、心の鍋の味を確かめ、意志の力を磨《みが》いていかなければと思います。

※本書で用いた『チェンジングワールド』と『短編集』は、実在する作品ではないことをお断りしておきます。

二〇〇八年八月

吉富多美

参考文献／横浜の歴史（横浜市教育委員会発行）
朝日歴史写真ライブラリー「戦争と庶民」（朝日新聞社発行）

著者／吉富多美（よしとみ　たみ）
山形県新庄市に生まれる。横浜市児童福祉審議会委員等を務める。著書に『アニメ版ハッピーバースデー』『アニメ版ハードル』『リトル・ウイング』『アナザーヴィーナス』、青木和雄との共同執筆作品に『ハッピーバースデー』『イソップ』『ハードル1・2』『ハートボイス』『HELP！』（金の星社）などがある。横浜市在住。

チェンジング

初版発行　2008年8月

著　者　吉富多美

発行所　株式会社　金の星社
〒111-0056　東京都台東区小島1-4-3
TEL.03（3861）1861　FAX.03（3861）1507
振替 00100-0-64678　http://www.kinnohoshi.co.jp

印　刷　株式会社　廣済堂
製　本　東京美術紙工

乱丁落丁本は、ご面倒ですが小社販売部宛ご送付下さい。
送料小社負担にてお取替えいたします。

 287p　19cm　ISBN978-4-323-07124-4
Published by KIN-NO-HOSHI SHA Co.,Ltd. Tokyo Japan